# 반쪼가리 자작

**Il visconte dimezzato**

**IL VISCONTE DIMEZZATO**
**by Italo Calvino**

세계문학전집 241

# 반쪼가리 자작

Il visconte dimezzato

**이탈로 칼비노**

이현경 옮김

민음사

# 차례

반쪼가리 자작   7

# 1

투르크인들과 전쟁이 벌어졌다. 나의 외삼촌 테랄바의 메다르도 자작은 말을 타고 보헤미아 평원을 가로질러 기독교도들의 병영으로 가는 중이었다. 쿠르치오라는 하인이 그 뒤를 따랐다.

하얗게 무리를 지은 황새들이 바람 한 점 없는 칙칙한 공기를 가르며 낮게 날았다.

메다르도 외삼촌이 쿠르치오에게 물었다.

"황새가 왜 이렇게 많지? 어디로 날아가는 거야?"

이미 전쟁에 참가해 싸우는 우리 이웃 군주들을 기쁘게 해 주려고 얼마 전 자원 입대한 외삼촌은 그제야 전쟁터에 도착했다. 기독교도들의 손에 남은 마지막 성에서 외삼촌에게 말과 하인을 마련해 주었다. 그래서 외삼촌은 황제의 병영에 신고하러 가는 길이었다.

"전쟁터로 날아가는 거지요. 우리와 함께 갈 겁니다."

하인이 침울하게 말했다.

메다르도 자작은 이런 곳에서 황새를 보면 행운이 찾아온다고 알고 있었다. 그래서 황새를 보니 기분이 좋다는 것을 알리고 싶었다. 그러나 생각과는 달리 자작은 불안한 느낌이 들었다.

"그런데 왜 도요새들까지 전쟁터로 몰려드는 거지, 쿠르치오?"

"지금은 그 새들도 사람 고기를 먹습니다. 들녘이 황폐해지고 가뭄으로 강이 마르기 시작했을 때부터지요. 시체가 있는 곳에서는 황새, 홍학 그리고 두루미 들까지 까마귀나 독수리 흉내를 낸답니다."

그 무렵 외삼촌은 갓 청년기에 접어들었다. 선과 악이 뒤섞인 막연한 감정들이 혼란스럽게 터져 나오는 시기였다. 그 나이에 우리는 새로운 모든 경험, 무시무시하거나 비인간적인 경험까지도 삶에 대한 불안하면서도 따뜻한 애정으로 받아들일 수 있었다.

"그런데 까마귀들은 어디 있지? 독수리는? 다른 새들은 또 어디 있는 거야? 다 어디로 갔어?"

그의 얼굴은 창백했지만 눈은 빛났다.

하인은 얼굴이 검고 수염이 짙게 난 군인이었는데 결코 눈을 드는 일이 없었다.

"페스트로 죽은 사람들을 먹었기 때문에 그 새들 역시 페스트에 걸렸지요."

그러고는 긴 창으로 어두컴컴한 숲 속 어딘가를 가리켰다. 자세히 살펴보니 그 숲 나무들에는 나뭇가지가 있어야 할 자리에 새 깃털과 여윈 다리들이 마치 나뭇가지인 양 매달려 있었다.

"여기서는 새가 먼저 죽었는지 사람이 먼저 죽었는지 구별할 수 없습니다. 게다가 새와 사람 둘 중 누가 먼저 달려들어 상대를 갈가리 찢어 놓았는지도 알 수 없답니다."

페스트로 도시 사람들이 모두 죽어 가자 사람들은 그 전염병을 피하기 위해 가족 단위로 시골을 향해 길을 떠났다. 그리고 바로 이 들녘을 지나가다가 죽음을 맞이한 것이다. 황폐한 평원 위에는 림프샘염으로 형태가 일그러진 헐벗은 남녀 시체들이 다른 새들과 함께 뒤섞여 흩어져 있었다. 그리고 어떤 것들은 털로 뒤덮여 본래 새였는지 사람이었는지 분간할 수가 없었다. 시체의 야윈 팔과 갈빗대에서 검은 털과 날개가 자라난 것 같기도 했다. 인간의 육체와 썩은 독수리가 뒤섞인 것이다.

벌써 땅 위에는 전투가 벌어졌던 흔적들이 여기저기 나타났다. 말 두 마리가 자꾸 뒷걸음치고 뒷다리로 버티며 일어서곤 했기 때문에 앞으로 나가는 속도가 점점 더 느려졌다.

"말들이 왜 이러지?"

"나리, 말들은 자기들의 내장 냄새 맡는 걸 아주 싫어한답니다."

사실 그들이 가로질러 가는 평야에는 말 시체가 여기저기 널려 있었다. 네 다리를 하늘로 쳐들고 누운 말들도 있었고 땅에 코를 박고 엎어져 있는 것도 있었다.

"말들이 여기에 왜 이렇게 많이 쓰러져 있는 거지, 쿠르치오?"

"자기 창자가 잘릴 것을 안 말들은 창자를 지키려고 애썼습니다. 어떤 놈은 땅에다 배를 대고 누웠고, 또 어떤 놈들은 창자가 늘어지지 않도록 등을 대고 누웠습죠. 그러나 그놈들도 모두 죽음을 피할 수는 없었습니다."

쿠르치오가 설명했다.

"그러면 이 전쟁에서는 말을 죽이는 게 우선이야?"

"투르크인들은 말의 배를 단번에 찔러 죽일 수 있게 단검을 만든 모양이에요. 조금만 더 가면 사람들의 시체를 보실 겁니다. 먼저 말을 죽이고 다음에 기사들을 죽였으니까요. 그런데 저기, 병영이 저기 있군요."

지평선 끝에서 높이 뾰족하게 솟은 천막과 황제 군대의 깃발이 보였고 연기가 피어올랐다.

앞으로 달려 나가면서 그들은 흙 속에 묻힌 전사자들을 보았다. 최근 전투에서 사망한 이들로 거의 모두 이곳으로 옮겨져 매장된 것이었다. 외삼촌은 몸뚱어리는 없이 팔다리들만 흩어져 있는 것을 발견했다. 특히 보리 그루터기 위에 놓인 손가락이 눈에 띄었다.

"어디든지 길을 가리키는 손가락이 있군. 무얼 뜻하는 거지?"

나의 외삼촌 메다르도가 말했다.

"하느님, 그들을 용서하소서. 반지를 빼 가려고 사람들이 죽은 이들의 손가락을 자른 겁니다."

"거기 누구냐?"

북풍을 맞고 선 나무의 껍질처럼 곰팡이와 이끼로 뒤덮인 외투를 입은 보초가 말했다.

"성스러운 황제의 십자군 만세!"

쿠르치오가 소리쳤다.

"술탄은 끝장이다."

보초가 되받았다.

"부탁 좀 합시다. 사령부에 도착하거든 언제 보초 근무를 교

대해 줄 건지 좀 물어봐 주시오. 난 오래전부터 보초를 서고 있다오."

모기 떼가 구름같이 병영 주변을 둘러싸고서 산더미처럼 쌓여 있는 똥 주위를 빙빙 돌았다. 그래서 이번에는 말들이 그 모기 떼들을 피하기 위해 달려갔다.

"아주 용감한 병사들의 대변입니다. 어제 여기에 대변을 눈 이들은 이미 하늘나라에 갔지요."

쿠르치오가 그걸 바라보며 말했다. 그리고 성호를 그었다.

병영 입구 한쪽에는 천막들이 한 줄로 늘어서 있었다. 화려하게 수놓인 비단옷을 입고 가슴을 드러낸 채 천막 안에 서 있던 뚱뚱한 여자들이 그들을 보고 고함 치며 폭소를 터뜨렸다.

"창녀들의 천막입니다. 저렇게 멋진 병영은 어디에도 없지요."

쿠르치오가 말했다.

외삼촌은 그 여자들을 보기 위해 말을 탄 채 뒤를 돌아보았다.

"조심하세요, 나리. 그 여자들은 불결한 데다가 병까지 걸렸기 때문에 투르크인들조차 전리품으로도 약탈해 가지 않는답니다. 지금 그 여자들의 몸에는 민바퀴라든가 빈대, 진드기들이 득실거려요. 그래서 몸에다 전갈과 도마뱀들이 집을 지을 지경이에요."

하인이 덧붙였다.

그들은 포병대 앞을 지났다. 저녁 무렵이어서 포병들은 나눠 받은 물과 순무로 음식을 만들었다. 하루 종일 쏘아 대서 뜨겁게 달구어진 청동 대포와 투석기 위에서 그들은 요리를 했다.

흙을 가득 실은 수레들이 도착했다. 그러자 포병들이 가는체로 흙을 쳤다.

"벌써 화약 가루가 부족해지기 시작했답니다. 전투가 벌어졌던 지역의 흙 속에 혹시 화약 가루가 섞여 있을지 모르잖아요."

쿠르치오가 설명했다.

그다음에는 마구간 앞을 지났다. 그곳에서는 수의사들이 들끓는 파리 떼 속에서 찢어진 말의 상처를 봉합하고 끓는 타르 고약을 바르고 띠로 묶었다. 말들이 모두 울부짖고 발길질해 대는 바람에 수의사들까지도 걷어차였다.

그 뒤로는 보병대의 야영 캠프들이 길게 늘어서 있었다. 황혼녘이었다. 천막마다에서 군인들이 나와 목욕통의 미지근한 물에다가 발을 담그고 있었다. 밤낮없이 갑작스럽게 경보가 울렸기 때문에 발을 씻을 때도 보병들은 머리에 철모를 쓰고 손에는 창을 꽉 쥐고 있었다. 예쁘게 주름을 잡아 휘장을 단 아주 높은 천막 안에서는 장교들이 겨드랑이에 분칠을 하고 레이스 부채로 부채질을 했다.

"나약해서 저렇게 행동하는 것은 아닙니다. 오히려 혹독한 군대 생활 속에서도 완벽하게 안락함을 찾았다는 것을 보여 주고 싶은 거지요."

쿠르치오가 말했다.

테랄바의 메다르도 자작은 곧바로 황제에게로 인도되었다. 아라스 천과 전리품으로 가득 찬 천막에서 황제는 다음 전투가 벌어질 평야의 지도를 파악하고 있었다. 두루마리 지도들이 테이블 가득 펼쳐져 있었고 황제는 그 지도에다 핀을 꽂았다. 황제 곁에 있던 한 장군이 작은 핀꽂이에서 핀을 빼 그에게 건네주었다. 지도에는 이미 너무 많은 핀들이 꽂혀 있어서 아무것도 알아볼 수 없었다. 그래서 지도에서 무엇인가를 살펴보려면 핀을 일일이 뽑았다가 다시 꽂아야 했다. 이렇게 핀을 뽑고 다시 꽂으면서 손을 자유롭게 움직일 수 있도록 황제도 장군들도 입에 핀들을 물고 있어서 이야기를 하려면 끙끙 소리를 낼 수밖에 없었다.

자기 앞에서 허리를 굽혀 인사하는 젊은이를 보자 왕은 끙끙거리며 이야기하다가 곧 입에서 핀을 뺐다.

"이탈리아에서 방금 도착한 기사이옵니다, 폐하. 명문 테랄바 가문의 자작이옵니다."

장군들이 그를 소개했다.

"그대를 중위로 임명하노라."

외삼촌은 구두 뒤축을 힘 있게 붙이면서 차렷 자세를 취했다. 그리고 그 인사를 받으며 황제가 제왕다운 당당한 태도를 취하는 동안, 지도들은 제각기 휘감겨 아래로 굴러떨어져 버렸다.

그날 밤 메다르도는 몹시 피곤했지만 늦게야 잠이 들었다. 천막 근처를 오가는 병사들의 발소리, 보초들을 호출하는 소리, 말 울음 소리 그리고 몇몇 병사들이 잠꼬대하는 소리가 들렸다. 자작은 하늘에 뜬 보헤미아의 별들을 헤아려 보았고 새로운 계급, 다음 날 전투, 멀리 떨어진 고향 물가에서 갈대들이 스치는 소리를 생각했다. 향수나 의심, 걱정 따위는 조금도 느낄 수 없었다. 그는 아직 세상 일을 완전하며 논의할 여지가 없는 것으로 받아들였으며 자기 자신에 대해서도 역시 그렇게 생각했다. 만약 그가 자신을 기다리는 운명을 예견할 수 있었다 하더라도, 그는 그 운명 역시 자연스럽고 완성된 일로 받아들였을 것이다. 그는 눈을 들어 멀리 어둠에 묻힌 지평선을 응시했다. 그곳이 바로 적들의 야영지라는 걸 그는 알았다. 그는 팔을 모아 손으로 어깨를 꽉 쥐었다. 멀리 있는 전혀 다른 현실과 그 현실 한가운데에 자리 잡고 있는 자기 자신을 분명하게 느낄 수 있어서 만족스러웠다. 그는 이 전쟁에 뿌려진 피비린내를 맡을 수 있었다. 그 피비린내들은 수천 강물이 되어 땅 위에 흘렀고 마침내는 그에게까지 당도한 것이다. 그는 분노도 동정도 느끼지 않으며 그 피비린내가 스쳐 지나가게 내버려두었다.

# 2

전투는 정확하게 오전 10시에 시작되었다. 높은 말안장에 앉은 중위 메다르도는, 막 공격할 준비를 갖춘 기독교 군대의 대열을 바라보았다. 그리고 마치 흙먼지로 뒤덮인 탈곡장에서 불어오는 것처럼 콩 껍질 냄새를 풍기는 보헤미아의 바람 때문에 얼굴을 돌렸다.

"안 돼요. 얼굴을 돌리지 마세요, 나리."

상사 계급장을 달고 그의 옆에 서 있던 쿠르치오가 소리쳤다. 그러고는 너무 단호하게 말했다고 생각해서인지 변명하는 것처럼 천천히 덧붙였다.

"전투 시작 전에 얼굴을 돌리면 불행이 찾아온다고들 한답니다."

사실 쿠르치오는 자작이 기독교 군대라고 해 봐야 통틀어 이 대열 하나밖에 없으며 지원 부대라고는 겨우 다리 다친 보병들로 구성된 몇 분대뿐이라는 사실을 알고 낙담하지 않길 바랐다.

그렇지만 외삼촌은 멀리 지평선 근처에 떠 있는 구름을 바라보며 이런 생각을 하고 있었다.

"저기 있어. 저 구름은 투르크인들일 거야. 진짜 투르크인들이 틀림없어. 그리고 내 옆에서 담배를 내뿜는 이들은 기독교 군대의 노장들이야. 지금 울리는 트럼펫이 공격을 알리고 있어. 내 인생 최초의 공격인 거지. 그리고 이 굉음과 진동도 마찬가지야. 백전노장들과 말들은 나태하고 권태롭게 포탄을 바라보지. 내가 처음으로 만난 적의 포탄인데 말이야. 그러니까 '이게 최후의 포탄이다.'라고 말하는 날은 찾아오지 않겠지."

그는 칼을 빼 들고 평원을 향해 질주했다. 포화 속에서 황제 군대의 깃발이 눈앞에 나타났다 사라지곤 했다. 아군의 포격이 그의 머리 위에서 맴도는 동안, 적들은 벌써 기독교도들의 전선을 뚫고 들어왔으며 갑자기 흙덩이가 우박처럼 쏟아졌다.

'투르크인들을 본다. 투르크인들을 봐.'

남자들은 적을 만들어 놓고 그 적이 자신이 상상하던 모습과 일치하는지 살펴보는 걸 얼마나 좋아하는지 모른다.

메다르도는 투르크인들을 보았다. 두 투르크인들이 바로 메다르도 곁으로 왔다. 투르크인들은 천으로 휘감은 말을 타고 작고 둥근 가죽 방패를 손에 들고 검은 줄무늬 사프란 옷을 입고 있었다. 그리고 머리엔 터번을 둘렀는데 얼굴은 황토색이었다. 그 얼굴에 난 수염은 테랄바에서 '투르크인 미케'라고 불리던 사람의 수염과 같았다. 두 투르크인들 중 한 명이 죽었다. 그리고 다른 누군가가 또 다른 한 명을 죽였다. 하지만 대체 몇 명이나 되는지도 모를 정도로 많은 투르크인들이 몰려왔고 백병전이 벌어졌다. 투르크인들을 둘 보았으니까 투르크인들 전부를 본 것과 다를 바 없었다. 그들 역시 군인이었고 그들이 지닌 물건은 모두 군대에서 지급한 것이었다. 얼굴은 마치 농부들처럼 그을 었고 완고해 보였다. 투르크인들을 보아야 한다는 점만을 중요 하게 생각한다면 메다르도는 이미 그들을 보았다. 이제 그는 철 새가 이동하는 시기가 되면 테랄바의 우리 집에 돌아올 수 있을 것이다. 그러나 전쟁을 위한 병역 의무는 다해야 했다. 메다르도 는 투르크인들의 단검을 피하면서 달려 나갔다. 그러다가 걷고 있는 작은 투르크인을 발견해서 그를 죽였다. 그리고 그 투르크 인이 어떻게 되었는지를 살핀 뒤, 말을 타고 다른 투르크인들을 찾으러 갔다. 그런데 좋지 않은 일이 일어났다. 투르크인들은 키 가 작을 뿐만 아니라 위험한 사람들이었다. 그들은 단검을 들고 말 밑으로 다가가서는 그 칼로 말들의 배를 찔러 죽여 버렸다.

메다르도의 말이 다리를 넓게 벌리더니 그 자리에 멈춰 섰다.

"무슨 일이지?"

자작이 말했다. 쿠르치오가 갑자기 나타났다.

"여기를 좀 보세요."

벌써 말의 내장들이 모두 땅에 쏟아져 버렸다. 불쌍한 말은 고개를 들어 주인을 바라보았다. 그리고 마치 자기 내장들을 물 어뜯으려는 듯 머리를 숙였지만 헛일이었다. 말은 졸도했고 곧바 로 죽어 버렸다. 테랄바의 메다르도는 말에서 내렸다.

"제 말을 타세요, 중위님."

쿠르치오가 말했지만 그는 말을 멈출 수 없었다. 곧바로 투르 크인의 화살이 몸에 박혀 쿠르치오는 말에서 떨어졌고 말은 달 아나 버렸다.

"쿠르치오!"

자작이 소리치며 땅에서 신음하는 하인에게 달려갔다.

"제게 신경 쓰지 마세요, 나리. 그라파*가 아직 의무실에 좀 남았길 바라야죠. 어떤 상처든 그라파 한 대접이면 족하거든요."

나의 외삼촌 메다르도는 육박전 속으로 휩싸여 들어갔다. 전투 결과가 어떻게 될지 예측할 수 없었다. 혼란스럽기는 하지만 기독교 군대가 승리할 수 있을 것 같기도 했다. 확실히 투르크군의 대열은 무너졌고 그들은 사방으로 흩어졌다. 외삼촌은 용감한 다른 병사들과 함께 적의 포병 중대가 있는 곳까지 돌진했다. 투르크인들의 포병 중대는 기독교도들을 포화에 휩싸이게 하려고 이동하는 중이었다. 투르크인 포병 둘이 대포 바퀴를 굴렸다. 그들은 천천히 걸었는데, 짙은 수염이 나고 발끝까지 외투로 감싸서 마치 천문학자처럼 보였다. 외삼촌이 말했다.

"지금 내가 간다. 그 대포를 쏠 사람은 바로 나야."

대포를 쏘아 본 일이 없는 데다가 흥분까지 한 외삼촌은 옆이나 뒤에서 대포에 접근해야 한다는 것을 몰랐다. 그는 칼을 빼들고 불꽃이 튀는 대포 구멍을 향해 똑바로 뛰어들며 그 두 천문학자를 겁주겠다고 생각했다. 하지만 두 천문학자는 그의 가슴에 대포를 쏘았다. 테랄바의 메다르도는 공중으로 튀어 올랐다.

저녁이 되어 전투가 잠시 중단되었다. 전투가 벌어졌던 지역에 흩어진 기독교인들의 시체를 거두어 가려고 수레 두 대가 도착했다. 수레 한 대는 부상병을 위한 것이었고, 다른 한 대는 전사자용이었다. 첫 번째 선택은 그곳, 전투지에서 이루어졌다.

---

* 포도 짜는 기구에서 나온 찌꺼기를 증류해서 만든 알코올 농도가 높은 술.

"이 사람은 내가 실을 테니까 저쪽은 자네가 실어."

조금이라도 살아날 가망이 있어 보이는 병사는 부상자 마차에 실렸다.

갈기갈기 찢긴 유해라도 남아 있으면 전사자 마차에 실렸다. 잘 묻어 주기 위해서였다. 그런 유해조차 없는 것들은 황새 밥으로 남겨졌다. 그 무렵 전사자들이 자꾸 늘어나서 부상병을 가리는 규정이 많이 완화되어 있었다. 그랬기 때문에 메다르도의 잔해들은 부상자로 간주되어서 부상자 마차에 실렸다.

두 번째 선택은 병원에서 이루어졌다. 전투가 끝난 뒤의 야전병원은 금방 벌어졌던 전투보다 더 끔찍했다. 땅에는 들것들이 길게 늘어서 있었는데 그 위에는 비참한 모습의 가엾은 사람들이 누워 있었다. 군의관들이 핀셋, 톱, 바늘, 절단된 팔다리, 긴 수술용 실을 들고 그 주변에서 정신없이 움직였다. 사망자들이 잇따랐고 군의관들은 죽어 가는 사람들을 살려 낼 수 있는 방법들을 이미 다 동원해 보았다. 여기를 자르고 저쪽을 꿰매고 터진 상처들을 막고 정맥을 장갑처럼 뒤집었다가 다시 제자리에 갖다 놓았다. 정맥 안에는 피보다 실이 더 많았지만 그래도 잘 기워서 구멍을 막았다. 부상자가 죽으면 그 사람의 신체에서 성한 부분을 모두 가려내 다른 부상자를 치료하는 데 사용했다. 제일 어지럽게 얽힌 것은 내장들이었다. 만약 어쩌다가 그것들이 흩어지기라도 하는 날에는 어떻게 제자리를 찾게 할지 아무도 몰랐다.

시트를 잡아당기자 무시무시하게 부서진 자작의 몸이 보였다. 한쪽 팔과 다리가 없었다. 그뿐만 아니라 한쪽 팔과 다리 사이에 있어야 할 가슴과 복부가 모두 달아나고 없었다. 포탄을 정면으로 맞아 가루가 되어 날아가 버린 것이다. 머리에는 한쪽 귀, 한쪽 뺨, 반쪽 코, 입 반쪽, 이마 반쪽 그리고 턱이 반쪽 남아 있었다. 몸의 다른 반쪽은 죽처럼 흐물흐물해졌다. 간단하게 말하자면 몸의 반쪽, 즉 오른쪽만이 남았고 남은 부분은 거의 완전하게 보존되어 있었다. 몸이 두 쪽으로 갈라져 왼쪽이 없어져 버릴 정도로 그렇게 큰 부상을 당했는데도 오른쪽은 찰과상 하나 없이 고스란히 남아 있었다.

의사들은 모두 즐거워했다.

"우와, 신기한 일이야!"

금방 죽지 않는다면 의사들이 그를 살려 낼 수 있을 것 같았다. 그래서 의사들은 자작 주변으로 몰려들었다. 그동안 불쌍한 병사들은 팔에 맞은 화살 때문에 패혈증으로 죽어 갔다. 의사들은 메다르도를 꿰매고 맞추고 혼합했다. 그들이 무슨 짓을 했는지 아무도 알 수 없었다. 다음 날 나의 외삼촌은 한쪽 눈, 반쪽 입을 열었고 팽창된 한쪽 콧구멍으로 숨을 쉬었다. 외삼촌은 테랄바 가문의 강한 체질로 버텨 낸 것이다. 이제 그는 반쪽이 되어 살아났다.

# 3

　내가 일곱 살인가 여덟 살 때 외삼촌은 테랄바로 돌아왔다. 그가 돌아왔을 때는 이미 밤이 되어 어두웠다. 하늘은 흐렸다. 그날 우리는 포도 수확을 했다. 줄지어 늘어선 포도나무 사이로 우리는 회색빛 바다에서 우리 쪽으로 다가오는 돛이 많이 달린 배를 보았다. 그 배 위에서 황제 깃발이 휘날렸다. 그 무렵 사람들은 배가 보일 때마다 이렇게 말하곤 했다.

　"이번엔 메다르도 나리가 돌아오실 거야."

　그런 말을 했다고 해서 우리가 조바심을 내며 자작이 돌아오길 기다렸던 것은 아니다. 그저 우리에게는 기다려야 할 무엇인가가 있었을 뿐이다. 그때 우리는 그 배를 타고 자작이 돌아올 것이라고 추측했고 저녁 무렵이 되자 확신했다. 큰 통 꼭대기에서 포도를 밟아 넣던 피오르피에로라는 청년이 그때 소리쳤다.

　"앗, 저 아래를 봐요."

　사방은 거의 어두웠다. 계곡 밑에서 오솔길을 밝히는 횃불 행렬이 보였다. 그리고 그 행렬이 다리를 지날 때 우리는 사람들이 들고 오는 들것을 발견했다. 의심할 여지 없이 자작이 전쟁터에서 돌아오는 것이었다.

소문이 계곡 전체에 퍼졌다. 성 앞뜰에는 친지와 친척 들, 포도 수확하던 사람들, 목동들, 군인들이 떼를 지어 몰려들었다. 다만 메다르도의 아버지, 즉 오래전부터 절대 뜰에 내려오지 않는 나의 외할아버지인 나이 많은 아이올포 자작만이 그 자리에 없었다. 세상사에 지쳐 버린 할아버지는 외아들이 전쟁터로 떠나기 전에 그 아들 덕택에 얻을 수 있었던 작위도 거절했다. 지금 할아버지는 새들에게 온갖 열정을 다 쏟아 부었다. 그는 성 안에 아주 커다란 새장을 만들어 새들을 길렀는데 새를 향한 정열이 커질수록 할아버지는 점점 배타적으로 변했다. 노인은 심지어 침대에도 새를 데리고 들어갔으며, 방에 틀어박혀서 밤이고 낮이고 밖으로 나오지 않았다. 식사는 새장 창살을 통해서 새모이와 함께 그에게 전달되었다. 아이올포 할아버지는 모든 행동을 새들과 함께했다. 그리고 꿩과 염주비둘기의 등을 쓰다듬으면서 아들이 전쟁터에서 돌아올 날을 기다렸다.

나는 우리 성 앞마당에 사람들이 그렇게 많이 모인 것을 태어나서 처음 보았다. 시간이 흘렀고 그사이 들리는 것이라고는 축제와 이웃끼리 벌인 싸움에 관한 이야기뿐이었다. 나는 성벽과 탑 들이 어떻게 부서지고 앞뜰이 어떻게 진창이 되어 버리는지 그때 처음 알았다. 진창이 되어 버린 그 앞뜰에서 우린 염소에게 풀을 주고 돼지 구유에 먹이를 가득 넣어 주고는 했다. 외삼촌의 도착을 기다리는 동안 모두들 자작이 어떻게 돌아오게 되었는지 서로 다투어 이야기를 해 댔다. 우리는 오래전에 자작이 투르크인들과의 전투에서 심하게 부상당했다는 소식을 들었지만, 아직은 그가 불구가 되었는지 혹은 병이 들었는지 아니면 단지 흉터만 남을 정도의 가벼운 부상을 당했는지 아무도 몰랐다. 그리고 이제, 들것에 실려 오는 자작을 보면서 최악의 상황을 각오했다.

들것이 도착하여 땅 위에 놓였다. 검은 그림자 속에서 번쩍이는 눈동자가 보였다. 늙은 유모 세바스티아나가 가까이 다가갔지만 그 그림자가 거부하듯 냉정하게 손을 들어 올렸다. 사람들은 들것 위에서 모나게, 그리고 발작하듯 힘겹게 몸부림치는 사람을 보았다. 그러고 난 뒤 테랄바의 메다르도가 지팡이를 짚고 우리 눈앞에서 일어섰다. 모자 달린 그의 검은 망토가 머리에서부터 발끝까지 늘어져 있었다. 망토 오른 쪽이 뒤로 젖혀져 얼굴 반쪽과 목발을 짚은 반쪽 몸통이 보였으나 왼쪽 부분은 그 넓은 옷자락과 주름 속에 휘감겨 전혀 보이지 않았다.

그는 자신을 에워싸고서 말 한마디 없이 서 있는 우리들을 둘러보았다. 하지만 어쩌면 움직이지 않는 그의 눈이 우리를 쳐다보지 않았을지도 모른다. 자작은 그저 우리에게서 벗어나 혼자 있길 원했는지도 모른다. 바다에서는 바람이 불어왔고 무화과나무 꼭대기에서는 끝이 잘려 나간 나뭇가지가 신음 소리를 내는 듯했다. 외삼촌의 망토는 파동을 쳤고 바람 때문에 마치 돛처럼 펼쳐졌다. 사람 몸이 그 망토를 가로질러 갔다고 해야 할까, 아니 오히려 그보다는 망토 안에 사람 몸 같은 것은 전혀 없는 듯했고 마치 유령이 걸친 듯 망토 안은 비어 있었다. 조금 뒤에 자세히 살펴보니 망토는 깃발이 깃대에 매달려 있듯 뭔가에 걸쳐져 있었다. 망토의 깃대가 된 것은 한쪽 어깨, 한쪽 팔, 한쪽

옆구리, 한쪽 다리, 즉 그가 지팡이에 의지한 몸 전부였다. 다른 것은 하나도 없었다.

염소들이 무표정한 눈길로 뚫어져라 자작을 바라보았다. 그 짐승들은 모두 다 다른 방향으로 왔다 갔다 했지만 이상한 직각 형태로 서로 등을 대고 달라붙어 있었다. 염소들보다 더 민감하고 예민한 돼지들은 꿀꿀거리며 소리를 질렀고 자기들끼리 서로 배를 부딪치면서 도망갔다. 우리들 모두 놀라움을 감출 수가 없었다.

"오, 세상에!"

유모 세바스티아나가 소리쳤다. 그리고 팔을 벌렸다.

"불쌍한 사람!"

우리들이 이런 감정으로 술렁이는 것에는 아랑곳하지 않고 외삼촌은 지팡이를 짚고 앞으로 걸어 나가 컴퍼스가 움직이듯 성문 쪽으로 향했다. 그러나 성문 계단에는 들것을 운반해 온 사람들이 다리를 꼬고 앉아 있었다. 그들은 불한당들같이 생겼는데 옷을 반쯤 벗고 금 귀고리를 했으며 삭발한 머리 꼭대기에는 땋은 머리인지 머리 꼬리인지가 자라 있었다. 그들이 일어서더니 우두머리처럼 보이는 변발한 사람이 말했다.

"운반비를 주셔야죠, 나리."

"얼마냐?"

메다르도가 비웃듯이 물었다.

"들것으로 한 사람을 운반하는 데 얼마나 드는지 잘 아실 텐데요."

변발한 사람이 말했다.

외삼촌은 허리띠에서 주머니를 풀었다. 그리고 그것을 그 사람들의 발치에 소리 나게 던졌다. 그러자 곧바로 주머니 무게를 저울질하던 사람이 소리쳤다.

"이건 약속했던 돈보다 훨씬 적은데요, 나리."

그때 바람에 망토 자락이 펄럭였고 메다르도가 말했다.

"반값이다."

그러더니 그는 들것 운반자들 곁을 지나가 버렸다. 그리고 한쪽 다리로 조금씩 뛰어서 성 안쪽을 향해 열린 커다란 문으로 들어갔다. 외삼촌이 무거운 두 문짝을 지팡이로 힘껏 밀었기 때문에 문은 큰 소리를 내며 닫혔다. 그리고 쪽문이 열려 있는 것을 본 외삼촌은 그것마저 닫아 버리고 우리 시야에서 사라졌다.

한쪽 발과 지팡이가 계속해서 교대로 땅에 부딪치는 소리가 성 안에서 들려왔다. 메다르도는 복도를 통해 성의 날개 쪽에 있는 자기 숙소로 가서 역시 방문을 닫고 걸어 잠가 버렸다.

그의 아버지는 새장 창살 뒤에 서서 아들을 기다리고 있었다. 그러나 메다르도는 아버지에게 인사말조차 건네지 않았다. 그리고 자기 방문을 닫아 버리고 혼자가 되었다. 그를 불쌍히 여긴 유모 세바스티아나가 계속 문을 두드렸지만 그녀에게조차 모습을 드러내지 않았고 대꾸도 하지 않았다.

세바스티아나는 나이가 좀 들었고 검은 옷을 입고 베일을 두른 너그러운 여인이었다. 얼굴은 장밋빛으로 눈가를 빼곤 주름살도 없었다. 테랄바 가문 젊은이를 모두 키웠고, 조금 더 나아가 많은 어른들의 잠자리를 준비했고, 죽어 가는 이들의 임종을 모두 지켜보았다. 지금 그녀는 굳게 닫힌 두 방 사이에 난 복도를 왔다 갔다 했다. 어떻게 그 두 사람을 도와야 할지 도무지 알 수 없었다.

메다르도가 계속 인기척을 내지 않았기 때문에 우리는 다음 날 다시 포도 수확을 시작했다. 그러나 활기가 하나도 없었으며 포도밭에서는 메다르도의 운명에 대한 이야기뿐이었다. 우리들이 그 이야기를 가슴 깊이 새기고 있어서가 아니라 그 화제가 흥미롭고 애매모호했기 때문이다. 유모 세바스티아나만 성 안에 남아 있었다.

그런데 아들이 그렇게 비극적으로, 그렇게 야만적으로 돌아올 것이라고 거의 예감했던 노인은 오래전부터 자신이 가장 아끼던 새인 때까치를 길들여서, 그 당시엔 비어 있던 메다르도의 거처가 있는 성 날개 쪽까지 날아가 그 방의 작은 창문으로 들어갈 수 있게 훈련해 놓았다. 그날 아침, 노인은 때까치가 있는 새장 문을 열고 아들 방까지 날아가게 했다. 그리고 까치와 박새의 작은 울음소리를 흉내 내며 모이를 주었다.

잠시 후 메다르도의 방에서 창틀을 향해 무엇인가를 집어던지는 소리가 났다. 그 뒤 노인이 밖으로 몸을 내밀었다. 처마널에 때까치가 죽어 있었다. 노인은 손을 동그랗게 모아 때까치를 데려왔다. 그리고 마치 잡아 뜯길 뻔한 것처럼 날개에 상처가 나고 두 손으로 꽉 쥐인 것처럼 다리가 부러지고 한쪽 눈이 뽑힌 때까치를 보았다. 노인은 때까치를 가슴에 안고 울기 시작했다.

그날 노인은 침대에 누웠다. 새장 창살 저편에 있는 가족들은 그가 몹시 앓는 것을 보았다. 그러나 노인이 방문을 잠그고 열쇠를 숨겨 버렸기 때문에 안으로 들어가 노인을 간호할 수가 없었다. 그의 침대 주위엔 새들이 날아다녔다. 그가 침대에 누울 때부터 새들은 그렇게 날았다. 그러고는 쉬려고 하지도, 날갯짓을 멈추려 하지도 않았다.

다음 날 아침 새장 너머로 얼굴을 내민 유모는 숨을 거둔 아이올포 자작을 발견했다. 새들은 모두 침대 위에 앉아 있었다. 마치 바다 가운데 떠다니는 나무 토막 위에 앉아 있는 것처럼.

# 4

아버지가 숨을 거둔 후 메다르도는 성 밖으로 나오기 시작했다. 그 사실을 처음 발견한 사람도 역시 유모 세바스티아나였다. 그녀는 어느 날 새벽 메다르도의 방이 문 열린 채 비어 있는 것을 발견했다. 그래서 여러 하인들이 자작 뒤를 쫓아 들판으로 나갔다. 하인들은 배나무 밑으로 달려갔다. 그들은 전날 저녁 그 나무에 아직 제대로 익지 않은 배들이 가득 매달려 있는 것을 보았다.

"저 위를 좀 봐."

하인 중 한 사람이 이렇게 말하자 그들은 고개를 들어 날이 밝아 오는 하늘을 향해 매달린 배들을 보았다. 그러고는 공포에 사로잡히고 말았다. 꼭지에 매달린 배들은 하나같이 세로로 반씩 잘려서 온전한 게 없었다. 배들은 모두 오른쪽 반만 남아 있는 것이었다.(바라보는 곳에 따라서는 왼쪽이 될 수도 있다. 어쨌든 모두 똑같은 쪽만 남아 있었다.) 그리고 칼에 잘렸거나 이에 깨물린 자국이 난 채 나머지 반쪽은 없어져 버렸다.

"자작이 이쪽으로 지나간 게 틀림없어."

하인들이 말했다.

그건 확실했다. 며칠 동안 방문을 잠그고 식사를 하지 않았기 때문에 그날 밤 자작은 배가 고팠다. 그래서 처음 마주친 나무에 올라가 배를 따 먹었던 것이다.

계속 앞으로 걸어가던 하인들은 돌 위에서 펄쩍펄쩍 뛰는 반쪽 개구리 한 마리를 보았다. 개구리였기 때문에 반쪽만으로도 아직 살아 있을 수 있었다.

"우리가 제대로 뒤를 밟았군."

그러고는 계속 앞으로 나아가다가 멜론 잎사귀들 속에서 길을 잃고 말았다. 하인들은 자작을 찾을 수 없어서 되돌아와야 했다.

그래서 그들은 들판에서 되돌아 나와 숲으로 들어갔다. 그 숲에서 그들은 반쪽이 잘린 식용버섯 하나와 그와 똑같이 반쪽이 잘린 붉은 독버섯 하나를 보았다. 그리고 그들은 숲을 향해 천천히 걸어가면서 가끔씩 꼭지까지 땅에서 뽑혀 반쯤 잘린 버섯, 버섯갓이 반밖에 남지 않은 버섯 들을 발견했다. 그 버섯들은 모두 정확하게 반으로 나뉜 듯했다. 나머지 반쪽에서는 포자조차 찾아볼 수 없었다. 숲에는 말불버섯, 양송이버섯 같은 여러 종류의 버섯들이 있었으며 대개 독버섯과 식용버섯은 잘 구별되지 않았다.

이렇게 흩어진 흔적들을 따라 하인들은 '수녀들의 초원'이라고 불리는 곳까지 이르렀다. 초원 한가운데에는 저수지가 하나 있었다. 동이 틀 무렵이었다. 그때 저수지 둑에서 검은 망토에 감싸인 메다르도가 미소 짓고 있는 모습이 물 위에 반사되어 나타났다. 물 위에는 하얀색, 노란색 그리고 흙색 버섯들이 떠 있었다. 바로 그가 따 온 반쪽짜리 버섯들이었다. 그것들은 투명한 물 위 여기저기로 흩어졌다. 물 위에 떠 있는 버섯들은 완전해 보였고 자작은 그것을 바라보고 있었다. 하인들은 다른 쪽 저수지 둑에 숨었다. 그 누구도 감히 말을 꺼내려 하지 않은 채 그들 역시 떠다니는 버섯들만 꼼짝 않고 쳐다보았다. 그러다가 그들은 물 위에 떠다니는 것들은 식용버섯이라는 사실을 알아차렸다. 그러면 독버섯들은 어디로 간 걸까? 그가 그 독버섯들을 저수지에 던져 버리지 않았다면 어떻게 했을까? 하인들은 다시 숲을 향해 달려갔다. 그러나 오솔길에서 바구니를 든 어린아이를 만났기 때문에 그들은 그리 멀리 가지 않아도 되었다. 그 바구니 안은 온통 반쪽짜리 독버섯으로 가득 차 있었다.

그 어린아이는 바로 나였다. 그날 밤 나는 수녀들의 초원에서 놀다가, 팔에 바구니를 끼고 달빛이 환하게 비추는 풀밭 위를 한쪽 다리로 달려가던 외삼촌과 마주쳤다.

"안녕하세요, 외삼촌!"

내가 소리쳤다.

외삼촌에게 이야기를 건 것은 그때가 처음이었는데 외삼촌은 나를 만난 게 무척 기쁜 것 같았다.

"버섯 때문에 왔단다."

그는 나에게 설명했다.

"버섯을 따셨어요?"

"보렴."

외삼촌이 말했다. 그리고 우리는 저수지 둑에 앉았다. 그는 버섯을 골라, 어떤 것들은 저수지 물에 던져 버리기도 하고, 또 어떤 것들은 바구니에 남겨 두기도 했다.

"가져가거라."

외삼촌은 직접 고른 버섯이 담긴 바구니를 내게 주며 말했다.

"튀겨 먹으렴."

나는 왜 바구니 속 버섯들이 반쪽씩밖에 없는지 외삼촌에게 묻고 싶었다. 그러나 그 질문이 약간 무례한 것 같아서 고맙다고 인사한 후 숲으로 달려갔다. 우리 가문 하인들을 만났을 때 나는 버섯을 튀겨 먹으러 가는 중이었다. 그들을 만나고서야 겨우 바구니 안에 든 게 모두 독버섯이라는 것을 알았다.

내가 이 이야기를 해 주자 유모 세바스티아나가 말했다.

"메다르도의 사악한 반쪽이 돌아왔어. 오늘 재판이 어떻게 될지 모르겠구나."

어느 날 성을 지키는 수비대들이 산적 일당을 잡아서, 재판이 열렸다. 그 도적들은 우리 영지 사람들이었기 때문에 자작이 그들에게 판결을 내려야 했다. 자작은 의자에 앉아 몸을 구부리고 손톱을 물어뜯고 있었다. 산적들이 한 줄로 묶여 나왔다. 산적 일당 우두머리는 피오르피에르라는 젊은이였다. 바로 포도 수확 때 포도를 통에 밀어 넣다가 들것을 맨 처음 발견한 그 젊은이였다. 이어서 피해자 측이 나왔다. 그들은 토스카나 지방 기사들로 프로방스 지방을 향해 우리 숲을 질러가고 있었는데, 그때 피오르피에르와 그 일당들이 기사들을 습격하고 약탈했다. 피오르피에르는 그 기사들이 우리 영토에 밀렵을 하러 왔기 때문에 자신들이 그들을 가로막았으며, 그들이 밀렵꾼들이라는 확신이 서서 무기를 빼앗았다고 변명했다. 또한 성 수비대들이 그

일을 하지 않았기 때문에 자신들이 직접 했다고도 말했다. 최근에 법률이 느슨해져서 산적들이 약탈을 공공연히 자행한다고 했다. 우리가 사는 곳은 약탈에 아주 적합한 지역이었다. 그래서 어수선한 시기에는 우리 가문 몇몇 사람들까지도 산적 일당과 결탁하곤 했다. 그리고 밀렵은 사람들이 가장 가볍게 생각하는 죄 중 하나였다.

그러나 유모 세바스티아나의 걱정이 들어맞았다. 메다르도는 피오르피에르와 그 일당들에게 약탈죄로 교수형을 선고했으며, 또한 약탈당한 편에게는 밀렵죄를 물어 그들 역시 교수형에 처하라고 선고했다.

그리고 수비대에게 역시 너무 늦게 현장에 당도하여 밀렵꾼들의 실책도 산적들의 실책도 막지 못했다는 이유로 교수형을 내렸다.

교수형을 받은 사람은 모두 스무여 명이나 되었다. 이 무시무시한 판결 때문에 우리는 모두 경악했고 가슴 아파했다. 생전 처음 보는 토스카나 귀족들뿐만 아니라 약탈자들과 수비대 모두 대체적으로 호감 가는 사람들이었다. 말안장도 만들고 목수일도 하는 장인 피에트로키오도가 교수대를 만들었다. 그는 자기가 맡은 일이면 그 어떤 것이든 열심히 하는 믿음직하고 이해력이 뛰어난 일꾼이었다. 교수형을 선고받은 사람들 중 자기 친척이 두 명이나 있었기 때문에 피에트로키오도는 몹시 괴로워하며 나무처럼 여러 갈래로 갈라진 교수대를 만들었다. 교수대에 감긴 밧줄들이 모두 하나의 권양기로 작동되었다. 교수형을 선고받은 사람들을 한 번에 여럿 처형할 수 있는 크고 독창적인 기계였다. 자작이 죄인 두 명당 고양이를 열 마리 매달아 함께 처형할 수 있을 정도였다. 즉사한 기사들의 시체와 고양이들의 시체는 사흘 동안 매달려 있었다. 처음에는 그 누구도 그것을 쳐다볼 엄두를 내지 못했으나, 곧 그들이 만들어 내는 장엄한 광경을 발견했다. 우리들의 판단력도 여러 감정들로 잘게 부서져 그 시체들을 떼어 내거나 그 커다란 기계가 분해되는 것을 원치 않았다.

# 5

그 시절 나는 행복했다. 나는 언제나 트렐로니 의사 선생님과 함께, 화석이 되어 버린 물고기 뼈들을 찾아 숲 속을 헤매고 다녔다. 트렐로니는 영국인이었다. 난파당한 후 나무 통 끄트머리에 매달려 우리 해변까지 밀려왔다. 그는 평생을 배 위에서 보낸 선상 의사였다. 그래서 길고도 위험한 여행을 수없이 했는데 그 유명한 쿡 선장과 함께 배를 탄 적도 있었다. 하지만 트렐로니는 항상 갑판 밑 선실에서 카드놀이를 했기 때문에 세상 구경을 단 한 번도 해 본 적이 없었다. 우리에게 구조된 후 그는 우리 지방에서 생산되는 가장 독하고 진한 포도주인 칸카로네를 입에 대기 시작했다. 그 후로 그는 그 포도주 없이는 아무 일도 할 수 없어서 병에 그것을 가득 담아 항상 멜빵에 매고 다녔다. 그는 테랄바에 남아서 우리들의 의사가 되었지만, 환자를 돌보지는 않았다. 그보다는 자신의 과학적인 발견에 몰두해서 밤낮없이 들판과 숲을 돌아다녔다. 그리고 나는 그와 함께 다녔다. 트렐로니는 제일 먼저 닭의 병, 즉 천 마리 중 한 마리가 걸릴까 말까 하는 미미한 질병과 아무 해도 주지 않는 질병을 연구했다. 트렐로니는 닭들을 모두 조사하여 적절한 치료법을 찾고자 했다. 그다음에는 우리 땅이 바다였을 당시의 흔적을 찾았다. 그래서 우리는 조약돌과 규토를 찾아다녔다. 트렐로니는 그것들이 그 당시에는 틀림없이 물고기였을 거라고 말했다. 마지막으로 그가 열정적으로 몰두한 것은 도깨비불이었다. 그는 도깨비불을 잡아 보존할 수 있는 방법을 발견하고 싶어 했다. 이를 위해서 우리는 흙과 풀로 뒤덮인 무덤 사이에서 희미한 도깨비불 몇 개가 반짝이길 기다렸고 무덤 가를 뛰어다니면서 밤을 보냈다. 그러다가 도깨비불이 나타나면 우리는 도깨비불을 우리에게 유인하여 잡으려고 쫓아다녔다. 우리는 종종 실험할 때 사용하는 통들, 말하자면 부대라든가 술병, 목이 긴 유리병, 구리 항아리, 여과기 등에 도깨비불을 꺼뜨리지 않고 잡아넣으려고 애썼다. 트렐로니는 무덤 근처 오두막에서 거처했다. 그 오두막은 한때 무덤 파는 사람이 살던 집으로 번성했던 시절이나 전쟁 시, 그리고 전염병이 돌 때 시체를 매장하는 사람 혼자 살 수 있게 만들어졌다. 트렐로니는 도깨비불을 잡아 담기 위한 온갖 종류의 병과 현장에서 도깨비불을 잡는 데 쓰는 물고기처럼 생긴 망, 증류기와 도가니 들을 갖춘 연구실을 그곳에 차렸다. 그는 그러한 도구들로 무덤 흙과 시체 독기에서 어떻게 그런 희미한 빛이 만들어지는지 연구했다. 그러나 그는 오랫동안 자신의 연구에 몰두하는 사람은 아니었다. 하던 걸 금방 그만두고 밖으로 나와서 우리는 함께 새로운 자연 현상들을 추적하러 가곤 했다.

나는 마치 떠다니는 공기처럼 자유로웠다. 내게는 부모님이 없었고 집안의 하인이라고도 주인이라고도 말할 수 없는 처지였다. 뒤늦게 인정을 받아 테랄바 가문의 일원이 되었지만 나는 그들의 이름을 따르지 않았고 그 누구도 나를 교육하려 하지 않았다. 나의 불쌍한 어머니는 아이올포 자작의 딸이었고 메다르도의 누나였다. 그러나 어머니는 밀렵꾼과 함께 도망을 쳐서 가문의 명예를 더럽혔는데 그 밀렵꾼이 바로 나의 아버지다. 나는 숲 아래 황무지에 세워진 밀렵꾼의 오두막집에서 태어났고, 내가 태어나고 얼마 후 아버지는 싸움을 하다가 살해당했는데, 그 보잘것없는 오두막집에 혼자 남은 어머니는 펠라그라 병에 걸려 생을 마쳤다. 외할아버지인 아이올포는 나를 불쌍히 여겨 성에 들어오도록 허락했고 나는 유모인 세바스티아나의 보살핌으로 성장했다. 메다르도 외삼촌이 아직 소년이었고 내가 몇 살 되지 않았을 때에는 가끔씩 우리 둘이 비슷한 신분이라도 되는 양 외삼촌이 날 놀이에 끼워 주었던 기억이 난다. 그 후 우리 사이에 거리감이 생겼고 나는 거의 하인 같은 신분으로 지냈다. 이제 트렐로니는 내가 한 번도 가져 보지 못한 친구가 되어 주었다.

트렐로니는 예순 살이었지만 키는 나만 했다. 삼각 모자와 가발을 쓴 얼굴은 마치 마른 밤처럼 쭈글쭈글했다. 그리고 허벅지 중간까지 행전으로 감싼 다리는 아주 길고 마치 닭 다리처럼 불균형하게 보였다. 폭 큰 그의 걸음걸이 때문에 더 불균형해 보이기도 했다. 그는 붉은 장신구들이 달린 비둘기색 프록코트 위에다 칸카로네 포도주 병을 매고 다녔다.

그가 워낙 도깨비불에 빠져서 우리는 이웃 마을의 다른 무덤까지 갔고 그 때문에 야간 행군마저 불사해야 했다. 그 무덤에서 종종 우리들이 포기하고 온 무덤의 도깨비불보다 더 크고 색

깔도 더 아름다운 불들을 보곤 했다. 그러나 우리들의 음모가 마을 사람들에게 발각되면 큰일이었다. 한번은 우리를 불경스러운 도둑들로 잘못 알고서 마을 사람들이 낫과 작살을 들고 몇 킬로미터나 우리 뒤를 쫓아왔다.

우리는 깎아지른 듯한 낭떠러지 아래로 급류가 흐르는 지점에 다다랐다. 나와 트렐로니는 재빠르게 바위들을 뛰어넘었다. 그런데 뒤에서 사나운 우리 마을 사람들이 가까이 오는 소리가 들렸다. '험상궂은 얼굴 낭떠러지'라고 부르는 지점에는 나무둥치로 이어 만든 작은 다리가 까마득한 절벽 사이를 가로질러 놓여 있었다. 트렐로니와 나는 그 다리를 건너지 않고 절벽 바로 옆 돌 층계 뒤에 몸을 숨겼다. 마을 사람들이 우리 바로 뒤를 추격해 왔으니까 정말 때맞춰 몸을 숨긴 것이다. 그들은 우리를 보지 못했다.

"이놈들이 어디로 간 거지?"

그들은 이렇게 소리치며 다리로 곧장 달려갔다. 잠시 후 마을 사람들이 다리 아래로 추락하는 소리와 비명 소리가 순식간에 급류 소리에 빨려 들어갔다.

우리 운명을 생각하며 공포에 떨던 나와 트렐로니는 위험한 상황을 모면하자 그동안의 공포가 통쾌함으로 바뀌는 것을 느꼈다. 그러다가 우리를 뒤쫓아온 사람들의 무시무시한 종말을 떠올리며 또다시 공포에 사로잡혔다. 우리는 겨우 몸을 내밀고 마을 사람들이 사라져 간 어둠 저 아래를 간신히 쳐다보았다. 그리고 눈을 들어 다리의 잔해를 보았다.

나무둥치는 마치 톱으로 잘린 것처럼 중간 부분이 정확하게 잘려 나갔을 뿐, 아직도 단단하게 남아 있었다. 그 큰 나무둥치가 그렇게 정확하게 잘렸다는 사실을 달리 어떻게 설명할 수가 없었다.

"누구 소행인지 알겠어."

트렐로니가 말했다. 나도 이미 짐작이 갔다.

정말로 빠르게 달리는 말발굽 소리가 들리더니 절벽 끝에 검은 망토로 감싸인 기사와 말이 나타났다. 그는 삼각형 미소를 띠며 그 자신도 예상하지 못했던 이 함정의 비극적 성공을 바라보았다. 분명 그는 우리 둘을 죽이려고 했을 것이다. 그러나 그것이 오히려 우리 둘을 구해 주는 결과가 되었다. 우리는 공포에 질린 채, 여윈 말을 타고 달려가는 자작의 모습을 지켜보았다. 자작의 말은 염소 새끼처럼 바위를 펄쩍펄쩍 뛰어넘었다.

그 당시 외삼촌은 항상 말을 타고 돌아다녔다. 피에트로키오도가 특별한 안장을 만들었다. 한쪽 등자에 끈으로 그를 안전하게 동여매고 다른 쪽 등자에는 균형을 잡을 수 있는 평형 추를 고정했다. 안장 옆에는 칼과 지팡이를 연결해 놓았다. 그렇게 해서 자작은 차양 넓은 깃털 모자를 쓰고 말을 탈 수 있었다. 그 모자의 반은 항상 바람에 휘날리는 망토의 날개 아래로 사라져 갔다. 그의 말발굽 소리가 들리기만 하면 사람들은 문둥이 갈라테오가 지나갈 때보다 더 놀라서 달아나 버리곤 했다. 어린아이와 동물들을 집 안으로 데리고 들어가고 밖에 내버려둔 채소 때문에 불안에 떨었다. 자작의 사악함은 그 누구도 용서하지 않았고, 전혀 예상할 수도 이해할 수도 없는 돌발적인 행동들을 일순간에 폭발시켜 버렸기 때문이다.

그는 한 번도 병을 앓은 적이 없었기 때문에 트렐로니의 보살핌이 전혀 필요치 않았다. 하지만 만약 그런 경우가 생긴다면 트렐로니가 어떻게 병을 치료했을지 나로서는 알 수가 없었다. 그는 우리 외삼촌을 완전히 피했고 그에 대해 이야기하는 것조차 듣고 싶어 하지 않았다. 자작과 그의 잔인함에 대해서 이야기를 하면 머리를 흔들며 "오, 오, 오……. 츠, 츠, 츠!" 하고 중얼거리면서 입술을 삐죽였다. 그러고는 화제를 바꾸려고 쿡 선장의 항해에 대한 이야기를 하곤 했다. 한번은 내가 트렐로니에게 우리 외삼촌이 그런 불구가 되어서도 어떻게 살아갈 수 있는지 물어보았다. 그러나 이 영국인은 그저 "오, 오, 오……. 츠, 츠, 츠!"라는 말밖에 내게 할 줄 몰랐다. 의학적인 관점에서 볼 때 우리 외삼촌 같은 경우는 트렐로니의 흥미를 전혀 끌지 못하는 것 같았다. 그래서 나는 그가 집안의 명령이나 삶의 한 방편으로 의사가 되었을 거라고 생각하기 시작했다. 그렇기 때문에 그는 의학에는 전혀 흥미가 없을 수도 있다. 선상 의사로서 경력을 쌓은 것은 오로지 카드놀이에서 발휘한 실력 덕택일지도 모른다. 그는 분명 아주 유명한 선원들과 — 그중 제일은 물론 쿡 선장이지만 — 도박 파트너가 되어 겨루었을 것이다.

어느 날 밤, 트렐로니는 망을 들고 우리 마을의 오래된 묘지에서 도깨비불을 찾고 있었다. 그러다가 묘지 앞에서 말에게 풀을 먹이는 테랄바의 메다르도를 발견했다. 트렐로니는 매우 놀라고 몹시 당황했다. 그러나 자작은 그에게 다가와서 반쪽이 된 입으로 아주 어렵게 발음하며 물었다.

"밤나비를 찾으시나요, 의사 선생?"

"오오, 나리."

트렐로니는 가느다란 목소리로 말했다.

"오, 오, 나비가 아닙니다요, 나리……. 도깨비불들…… 아세요? 도깨비불……."

"물론이죠, 도깨비불이라! 나도 이따금 그것들이 어디서 생겨 나는 것일까 자문해 보기도 했지요."

"전 얼마 전부터 조심스레 이 도깨비불을 연구하고 있답니다, 나리."

친절한 어투에 다소 기운을 되찾은 트렐로니가 말했다.

해골처럼 긴장된 자작의 각진 반쪽짜리 얼굴에 뒤틀린 미소 가 떠올랐다.

"연구자에게는 그 어떤 도움도 값지지요. 안타깝게도 이 묘지 는 이렇듯 버려져 도깨비불을 잡기에는 적당하지 않군요. 내일 당장 내가 가능한 대로 당신을 도울 준비를 하지요, 약속하오."

메다르도가 트렐로니에게 말했다.

다음 날은 재판이 열리는 날이었다. 자작은 성에 바쳐야 할 수확량을 계산대로 다 가져오지 않았다는 이유 때문에, 농부 십여 명에게 사형을 선고했다. 사망자들은 공유지에 매장되었고 새로 생긴 무덤은 매일 밤 수많은 도깨비불을 만들어 냈다. 그 도깨비불들이 연구에 유용하긴 했지만 트렐로니는 자작의 이러 한 도움에 몹시 놀랐다.

이 비극적인 시기에 피에트로키오도는 교수대를 만들면서 기 술면에서 거의 완벽한 경지에 이르렀다. 이제 그는 정말 걸작이 라고 할 만한 작은 목공품과 기계 들을 만들어 냈다. 그는 교수 대뿐만 아니라 삼각대, 밧줄을 감아올리는 기계, 그리고 메다르 도 자작이 피고들에게 자백을 받아 낼 때 쓰는 여러 고문 기구 들을 만들었다. 아주 능숙하게 열심히 일하는 모습을 구경하는 게 좋았기 때문에 나는 자주 피에트로키오도의 작업장에 갔다. 그러나 자기가 제작한 도구들로 무고한 사람들을 사형했기 때문에 원래 마구(馬具)를 만들었던 이 사람은 항상 마음속으로 괴로워했다.

'어떻게 해야 사형이 아닌 다른 목적에 사용하는 잘 조립된 도구를 만들 수 있을까? 내가 거리낌없이 만들 수 있는 새로운 기계들은 어떤 게 있을까?' 하고 그는 생각했다.

그러나 그는 이러한 의문을 해결하지 못한 채 더 멋지고 가능한 한 독창적인 장치들을 만드는 일에 열중했고 그러는 동안 다른 생각들을 몰아냈다.

"넌 이게 어디 사용될 건지 생각하면 안 된다. 기계로만 생각해야 돼. 얼마나 아름다운지 보렴."

그는 나에게까지 이렇게 말했다.

나는 들보의 구조, 오르락내리락하는 밧줄, 밧줄을 감아올리는 기계와 도르래의 연결을 살펴보았다. 그러면서 나는 그 위에서 찢기는 육체를 보지 않으려고 노력했다. 그러나 노력을 하면 할수록 그 모습만 떠올랐다. 그래서 피에트로키오도에게 말했다.

"어떻게 해야 하죠?"

"그러면 나는 어떻게 해야 할까? 나는 어떻게 해야 하지?"

그가 되풀이해서 말했다.

그러한 괴로움과 두려움에 떨기는 했지만 그 당시에도 즐거움은 있었다. 한 해 중 가장 아름다운 시절이 다가왔다. 태양은 높이 떴고 바다는 황금색으로 빛났으며, 오솔길에서는 불행한 자기 동료들을 위해 매일 아침 구걸을 하러 돌아다니는 문둥이의 뿔 나팔 소리가 들려왔다. 갈라테오라는 그 문둥이는 목에다 사냥용 뿔 나팔을 걸고 다녔는데 그 소리 때문에 멀리서도 그가 오는 것을 알 수 있었다. 여자들은 뿔 나팔 소리를 듣고 벽 모퉁이에다 달걀이나 호박 혹은 토마토를 가져다 놓았고 때때로 가죽을 벗긴 작은 토끼를 가져다 놓기도 했다. 그러고는 어린아이들을 데리고 몸을 숨기기 위해 달아났다. 그 누구라도 문둥이가 지나갈 때 길에 있어서는 안 되었다. 문둥병은 멀리서도 전염되기 때문에 문둥이를 보는 것조차 위험한 일이었다. 뿔 나팔 소리를 앞세우고 갈라테오는 천천히 천천히 한적한 오솔길을 따라 걸었다. 손에는 큰 지팡이를 들고 땅에까지 닿는 긴 옷을 입고 있었다. 그의 성긴 긴 머리칼은 누런 색이었고 둥글고 하얀 얼굴은 이미 문둥병으로 약간 문드러졌다. 그는 선사품들을 모아서 자신의 옹구에 담고 사람들이 숨어 있는 농가를 향해 부드러운 목소리로 감사하다고 인사를 했다. 그런데 항상 그 목소리는 비웃는 듯하기도 하고 적의를 숨긴 듯도 했다.

그 당시에는 바다와 인접한 지역에 문둥병이 많이 퍼져 있었는데 우리 동네 가까운 곳에는 문둥이들만 사는 '버섯 들판'이라는 작은 마을이 있었다. 갈라테오가 모아 가지고 간 물건들이 바로 그 마을 사람들에게 전해지는 것이다. 선원이었든 농부였든 간에 문둥병에 감염된 사람은 가족과 친지를 떠나 버섯 들판으로 갔다. 그리고 그 마을에서 죽음을 기다리면서 여생을 보냈다. 사람들의 말로는 버섯 들판에 새 환자가 들어오면 그를 환영하는 성대한 축제가 벌어진다고 했다. 실제로 멀리서도 밤늦게까지 문둥이들의 집에서 흘러나오는 음악 소리와 노랫소리가 들렸다.

건강한 사람들 중 버섯 들판에 가 본 사람은 한 명도 없었지만 사람들은 그 마을에 대해 이것저것 이야기했다. 그러면서 그곳에서는 떠들썩한 축제가 끊이지 않을 거라는 데 모두 입을 모았다. 문둥병 환자들의 피난처가 되기 전에 그곳은 온갖 인종과 종교가 다 모이는 매춘부 소굴이었다. 그리고 그곳 여인들은 아직도 그때의 방탕한 습관을 버리지 못한 듯했다. 문둥병 환자들은 포도밭 말고는 땅을 일구지 않았다. 포도밭에서는 일년 내내 취할 수 있게 해 주는 포도주가 나오기 때문에 오로지 포도밭에서만 일을 했다. 문둥이들의 중요한 일이란 줄에 작은 종들이 여러 개 매달린 하프 같은, 그들이 만들어 낸 이상한 악기들을 연주하거나 가성으로 노래하고 부활절 때처럼 갖가지 색깔 화필로 달걀에 그림을 그리는 것이었다. 그렇게 부드러운 음악을 연주하면서, 문둥병으로 모습이 변해 버린 얼굴을 재스민 화관으로 장식하고 병 때문에 떠날 수밖에 없었던 인간 세상을 잊어 갔다.

문둥병 환자를 돌보려는 의사는 우리 고장에 한 사람도 없었다. 그러나 트렐로니가 우리와 함께 살게 되었을 때 몇몇 사람은 그가 그의 의술로 우리 고장의 그런 상처를 치료해 줄지도 모른다고 기대했다. 어린 나 역시 나름대로 그런 희망을 품었다. 그리고 나는 얼마 전부터 버섯 들판에 가고 싶어 안달이었고 문둥이들의 축제에 참가해 보고 싶었다. 만약 트렐로니가 그 불행한 사람들에게 자기 약을 실험해 보고자 했다면 아마도 몇 번인가는 그를 따라갈 수 있었을지도 모른다. 그러나 그런 일은 절대 일어나지 않았다. 갈라테오의 뿔 나팔 소리가 들리기 무섭게 트렐로니는 줄행랑을 놓아 버렸다. 아마도 그보다 더 그 전염병을 두려

위하는 사람은 없을 듯했다. 가끔 나는 그 병의 성질에 대해 그에게 물어보곤 했다. 그러나 그는 둘러대듯, 그리고 당황한 듯 대답했다. 마치 '문둥병'이라는 말만으로도 자신에게 불행이 찾아오기라도 하듯 말이다.

간단히 말해 나는 그가 왜 자신을 의사로 생각해 주길 고집하는지 알 수 없었다. 그는 동물들, 특히 아주 작은 동물과 돌과 자연 현상 들에 대해서는 관심이 많았지만, 인간 존재와 그들의 질병에 대해서는 혐오감과 공포심을 보였다. 그는 피를 두려워했고 환자를 손끝으로만 건드렸으며 심한 경우에는 식초에 적신 비단 손수건으로 코를 막았다. 마치 어린 소녀처럼 수줍어했고 벗은 몸을 보면 낯을 붉혔다. 그리고 어쩌다 여자를 치료하면 눈을 내리깔고 말을 더듬거렸다. 바다에 오랫동안 있었기 때문에 여자들에 대해선 전혀 의식하지 않고 산 모양이었다. 다행히도 그 무렵 출산은 산파가 맡아서 했다. 그렇지 않고 트렐로니가 출산을 맡았다면 어떻게 했을지 알 수 없는 일이었다.

외삼촌은 방화를 생각해 냈다. 한밤중에 갑자기 가난한 농부들의 건초 막이나 땔감으로 쓸 나무에 불을 지르거나 숲 전체를 태워 버렸다. 불은 아침까지 계속되었고 불을 끄기 위해 사람들은 손에서 손으로 물 양동이를 옮겨야 했다. 피해를 입는 것은 언제나 자작의 엄격하고 불공정한 명령이나 두 배로 오른 세금에 대해 항의했던 가난한 사람들이었다. 자작은 사람들의 재산을 불태우는 것으로 만족하지 않고 그들의 집에 불을 내기 시작했다. 밤이 다가오면 자작은 불붙은 부싯깃을 지붕에 던진 다음 말을 타고 달아났다. 그러나 그 누구도 현장에서 그를 잡을 수 없었다. 그 불로 두 노인이 사망하는가 하면 어떤 소년의 머리가 홀랑 벗은 것처럼 다 타 버리기도 했다. 농부들 사이에서 자작에 대한 증오는 날로 커졌다. 그중 가장 적의를 품은 사람들은 황무지 마을에 살던 위그노교도들이었다. 그곳 남자들은 화재를 막기 위해 밤에 교대로 보초를 섰다.

어느 날 밤, 자작은 그럴 만한 이유도 없이 버섯 들판의 문둥이 마을까지 갔다. 그 마을의 집 지붕들은 짚을 얹어 만든 것이었는데 그는 송진에 불을 붙여 그 지붕을 향해 집어던졌다. 문둥이들은 웬만한 불을 두려워하지 않았고 자기들이 잠자는 동안 불이 나도 잠에서 깨지 않았다. 자작은 불을 던지고 달아나면서, 바이올린 카바티나가 연주되는 소리를 들었다. 버섯 들판 주민들이 노는 데 열중해서 밤샘을 하는 중이었다. 그들은 모두 화상을 입었지만 고통을 느끼지 않았으며 자신들의 의지대로 유흥을 즐겼다. 불은 곧 꺼졌고 문둥병에 감염되어서인지 그들의 집도 별로 불에 타지 않았다.

메다르도의 사악함은 바로 자기가 사는 성까지 미쳤다. 불은 하인들이 사는 곳에서 일어났다. 타오르는 불길 속에 갇힌 죄수들의 절규가 높이 울려 퍼졌다. 바로 그때 말을 타고 들로 나가는 자작의 모습이 보였다. 메다르도가 자신의 유모이자 양어머니이기도 한 세바스티아나의 목숨을 노리고 꾸민 음모였다. 세바스티아나는 보통 여자들이 그렇듯 어린 시절부터 돌보아 온 자작에 대해 완고할 정도로 고집을 보여서 자작이 온갖 나쁜 짓을 저질러도 그를 비난하지 않았다. 다른 사람들이 모두 그의 성격이 다시는 회복될 수 없게 사악하고 잔인해졌다는 사실을 인정할 때도 마찬가지였다. 세바스티아나는 방 안이 시커멓게 타

오를 때 밖으로 뛰쳐나오다가 화상을 입었다. 그래서 상처를 치료하기 위해 오랫동안 침대에 누워 있어야 했다.

어느 날 밤, 그녀가 누워 있는 방 문이 열리더니 자작이 침대로 다가왔다.

"얼굴에 있는 그 흉터는 뭔가요, 유모?"

메다르도가 화상 입은 곳을 가리키며 말했다.

"네 죄의 흔적이다."

유모가 조용히 말했다.

"당신의 얼굴은 흉터로 얼룩지고 비틀렸어요. 무슨 병이지요, 유모?"

"너는 아직 잘못을 느끼지 못하지만 지옥에서 네가 겪을 고통에 비하면 이런 것은 아무것도 아니란다, 내 아들아."

"빨리 회복해야 해요. 난 당신 부부가 이런 병에 걸렸다는 사실이 알려지지 않았으면 좋겠어요."

"내 몸을 보살펴 줄 남편 같은 건 내게 없단다. 잘 알텐데 넌 그렇게 이야길 하는구나."

"하지만 당신 남편이 당신을 데려가려고 기다리고 있어요. 모르세요?"

"늙은이를 놀리지 마라, 넌 상처 입은 젊은이야."

"놀리는 게 아니에요, 유모. 자, 들어 봐요. 이 방 창문 아래에서 당신 신랑이 연주하고 있잖아요."

세바스티아나는 귀를 기울이다가 성 밖에서 들려오는 문둥이의 뿔 나팔 소리를 들었다.

다음 날 메다르도는 트렐로니를 부르러 사람을 보냈다.

"우리 늙은 하인의 얼굴에 무언지 알 수 없는 이상한 흔적들이 나타났소. 모두 문둥병이 아닐까 걱정해요. 의사 선생, 당신의 의학으로 우리에게 확실한 사실을 알려 주시오."

트렐로니는 허리를 구부리며 중얼거렸다.

"제 의무는, 나리…… 항상 당신 명령에 복종하는 것이지요."

그는 뒤돌아 성에서 나갔다. 그리고 칸카로네 포도주 병을 든 채 숲 속으로 사라져 버렸다. 거의 일주일 동안 그를 본 사람은 아무도 없었다. 그가 돌아왔을 때 이미 유모 세바스티아나는 문둥이 마을로 보내졌다.

세바스티아나는 검은 옷을 입고 베일을 두른 채, 자신의 짐 보따리를 손에 들고 석양 녘에 성을 떠났다. 그녀는 자신의 운명이 가리키는 곳을 알았다. 그녀는 버섯 들판 길을 걸어야만 했다. 지금까지 거처하던 자기 방을 떠나야 했다. 복도에도 계단에도 사람 한 명 보이지 않았다. 그녀는 성을 내려와 마당을 가로질러 들녘으로 나왔다. 주위는 아주 한적했고 그녀가 지나갈 때면 사람들은 몸을 피하고 숨어 버렸다. 두 멜로디만 반복적으로 낮게 연주하는 사냥용 뿔 나팔 소리가 들렸다. 오솔길 앞쪽에는 뿔 나팔을 하늘로 쳐든 갈라테오가 서 있었다. 유모는 천천히 그곳으로 걸어갔다. 오솔길은 지는 해를 향해 뻗어 있었다. 갈라테오는 멀찌감치 떨어진 채 유모 앞에서 걸었다. 그러다가 나뭇잎들 사이에서 호박벌이 윙윙거릴 때마다 그걸 바라보기라도 하는 양 멈춰 섰다. 그리고 뿔 나팔로 우울한 음을 만들어 냈다. 유모는 지금 자신이 떠나는 밭과 강둑을 바라보았다. 잡목 울타리 뒤에서는 이제 그녀에게서 멀어져 마을로 되돌아가는 사람들의 존재를 느낄 수 있었다. 유모는 멀찌감치 떨어져 걷는 갈라테오의 뒤를 따라 혼자서 버섯 들판에 도착했다. 마을 문들이 그녀의 등 뒤에서 닫히는 동안 하프와 바이올린이 연주되었다.

　나는 트렐로니에게 많이 실망했다. 세바스티아나의 얼굴에 생긴 얼룩이 문둥병 때문이 아니라는 사실을 알면서도, 메다르도가 늙은 그녀를 문둥이 마을로 보내라는 판결을 내리기 전에 손가락 하나 움직이지 않은 것은 비열한 행동이었다. 그래서 나는 처음으로 그에게 반감을 지니게 되었다. 게다가 내가 다람쥐를 잡거나 산딸기를 찾는 일을 도와줄 수 있다는 사실을 잘 알면서도, 그가 숲으로 달아날 때 나를 데리고 가지 않았기 때문에 그 감정은 더 커졌다. 이제 그와 함께 도깨비불을 찾으러 다니는 일도 그전처럼 즐겁지 않았다. 그래서 나는 새로운 친구를 찾으러 혼자 돌아다녔다.
　이제 나는 황무지 마을에 사는 위그노교도들에게 많은 흥미를 느끼기 시작했다. 그들은 위그노교도들을 박해하는 프랑스에서 도망온 사람들이었다. 그들은 알프스 산을 넘는 도중, 성경책과 성스러운 물건들을 모두 잃어버렸다. 그래서 지금 그들에게는 미사 때 읽어야 할 성구라든가 노래할 찬송가, 암송해야 할 기도문 같은 게 전혀 없었다. 박해를 받거나 신앙이 전혀 다른 사람들 틈에서 살아가는 사람들이 다 그렇듯, 그들은 다른 사람들을 전혀 믿지 않았다. 그래서 종교 서적 권유나 종교 의식을 거행하는 방법에 대한 그 어떤 충고도 받아들이려 하지 않았다. 만약 누군가가 찾아와 자기는 위그노교도의 친구라고 해도 위그노교도들은 그 사람이 변장한 교황의 밀사일지도 모른다는 두려움에 떨었고 침묵을 지켰다. 그래서 그들은 황무지 마을의 척박한 땅을 경작하기 시작한 것이다. 그리고 은총을 받을 것이라는 희망 속에서 남녀 모두가 새벽 동이 틀 때부터 해가 질 때까지 열심히 일했다. 거의 죄를 짓지 않고 사는 이들이었고 죄를 범하지 않기 위해 금지 사항들을 두 배로 늘려 놓았다.

그들은 작은 행동에서라도 불경스러움이 드러나지 않을까 하여 엄한 눈길로 서로서로 감시했다. 자신들의 교회에서 벌어졌던 논쟁들을 희미하게 기억했기 때문에 신의 이름을 부르거나 다른 종교 표현들을 사용하는 것을 삼갔다. 불경스러운 말을 할까 봐 두려워서였다. 그렇게 하다 보니 그들은 신앙의 그 어떤 규율도 따르지 않게 되었다. 언제나 자신들의 종교를 생각해 왔듯이 그 신앙에서 발생되는 문제점들을 머릿속으로 엄숙하게 생각하기는 했지만 그 생각들을 감히 분명하게 표현해 볼 엄두조차 내지 못했을 것이다. 게다가 그들에게는 고된 농사일에서 지켜야 할 규칙들도 있었는데 그 규칙들은 시간이 지남에 따라서 계율이 되어 버렸다. 그와 마찬가지로 극도의 절약 정신이 강요되었고 여자들에게는 가사에 몰두하는 일이 미덕이 되었다.

대가족을 이룬 그들은 손자와 며느리 들까지 한집에 살았다. 그들은 모두 키가 크고 뼈마디가 굵었는데 항상 단추를 꽉 채운 검은 나들이옷을 입었다. 남자들은 아래로 기운 차양 넓은 모자를, 여자들은 하얀 모자를 쓰고 밭에서 일을 했다. 남자들은 수염을 길게 길렀고 멜빵에 항상 총을 매고 다녔다. 그러나 그들 중 그 누구도 참새 이외의 짐승에게 총을 쏘지는 않았다. 규율이 그런 일을 금했기 때문이다.

석회질이 뒤섞여 덩굴풀 몇 포기와 발육이 느린 밀 몇 포기가 겨우 자라는 계단 모양 땅에서 에제키엘레 노인의 목소리가 들려왔다. 그는 염소같이 하얀 수염을 떨면서 깔때기 같은 모자 아래에서 눈을 이리저리 굴렸고 하늘에 주먹질을 하며 쉬지 않고 소리를 질렀다.

"페스트와 기근! 페스트와 기근!"

그는 허리를 구부려 일하는 식구들에게 이렇게 소리쳤다.

"호미질을 해라, 조나! 풀을 뽑거라, 수산나! 토비아, 퇴비를 쳐라!"

그는 수없이 명령했으며 무능력하거나 탕자 같은 무리들을 적의에 차서 꾸짖었다. 또한 들녘을 황폐하게 만들지 않으려면 어떻게 해야 하는지를 수없이 큰소리로 일러 놓고 자기 자신도 일을 하기 시작했다. 그리고 주위 다른 사람들을 내몰면서 계속 소리쳤다.

"페스트와 기근!"

그의 아내는 반대로 전혀 소리를 지르는 법이 없었다. 그녀는 다른 사람과는 달리 자신의 비밀스러운 종교에 확신이 있는 듯 보였으며 아주 작은 일들에 관한 생각도 확고한 듯했으나 그런 생각을 그 누구에게도 이야기하지는 않았다. 눈을 동그랗게 뜨고 상대방을 뚫어지게 바라볼 뿐이었다. 그리고 긴장한 입술로 이렇게 말하면 그만이었다.

"그런데 당신들 생각은 어때요, 라켈레 자매? 그러면 당신들 생각은 어때요, 아론네 형제?"

가족들의 입에서 가끔씩 보이던 미소가 사라지는 대신 나누는 이야기들이 심각해지고 그들이 무언가에 열중하는 듯할 때 하는 말이었다.

어느 날 저녁 나는 위그노교도들이 기도를 드릴 때 황무지 마을에 도착했다. 그들은 말을 하지 않은 채 두 손을 모으거나

무릎을 꿇고 앉아 있었다. 그들은 모두 포도밭에 나란히 줄 지어 있었는데 한편에는 남자들이 있었고 다른 한편에는 여자들이, 그리고 맨 끝에는 수염을 가슴까지 기른 에제키엘레가 있었다. 그들은 긴 팔에 달린 마디가 굵은 손으로 주먹을 꼭 쥐고 앞을 똑바로 바라보았다. 기도에 열중한 것처럼 보이기는 했지만 주위에서 일어나는 일에 무관심하지는 않았다. 토비아는 팔을 뻗어 포도 덩굴에서 나비 유충을 잡았고 라켈레는 못이 박힌 구두 밑창으로 달팽이를 눌렀다. 에제키엘레 역시 갑자기 모자를 벗어 밀 위에 내려앉은 참새들을 쫓았다.

그리고 찬송가를 불렀다. 그들은 가사는 기억하지 못하고 곡조만 알았는데 그조차 제대로 부르지 못했다. 가끔 누군가 틀렸다. 아니 어쩌면 모두 같이 틀리게 부르는 것인지도 몰랐다. 그러나 절대 중단하지는 않았다. 한 소절이 끝나면 다른 소절로 옮겨 갔는데 역시 가사는 없었다.

나는 한 팔을 뻗었다. 거기에는 어린 에사우가 있었다. 그는 내게 조용히 자기와 함께 나가자는 신호를 보냈다. 에사우는 나와 동갑이었고 에제키엘레 노인의 막내아들이었다. 딱딱하고 긴장된 얼굴 표정만큼은 그의 식구들을 닮았지만, 그의 성격은 교활했다. 우리는 네 발로 기어서 포도밭을 벗어났다.

"거의 삼십 분 정도 저러고 있는 거야. 진절머리가 난다! 우리, 내 동굴에 가 보자."

에사우의 동굴은 비밀스러운 장소였다. 가족들이 자기를 찾지 못하도록 그는 그 동굴에 몸을 숨기곤 했다. 가족들에게 들키지만 않으면 염소에게 풀을 먹이러 가거나 채소밭의 달팽이를 잡으러 가지 않아도 되기 때문이었다. 그는 그곳에서 하루 온종

일 한가하게 보냈다. 그러는 동안 그의 아버지는 들판으로 그를 찾아다니며 소리를 질러 댔다.

에사우는 담뱃잎을 모아 한쪽 벽에 길게 걸어 두었다. 그리고 긴 마요르카 파이프도 두 개 있었다. 그는 그 파이프에 담뱃잎을 가득 채워 넣고는 피워 보라고 하면서 나에게 불붙이는 법을 가르쳐 주었다. 그리고 탐욕스럽게 담배 한 모금을 빨면서 연기를 뿜어 냈는데 그런 탐욕스러움을 소년에게서 발견하기는 처음이었다. 나는 담배를 피워 보았다. 그러나 금방 어지러워져서 그만두었다. 내 기운을 회복해 주려고 에사우는 그라파 병을 꺼냈다. 그리고 내게 한 잔 부어 주었는데 그걸 마셨더니 얼굴이 달아오르고 창자가 꼬이는 것 같았다. 그런데 에사우는 마치 물 마시듯 그라파를 마셨다.

"마시고 취하고 싶어"

"이 동굴에 있는 네 물건들은 어디서 난 거야?"

에사우는 손가락 하나를 세우면서 말했다.

"훔쳤어."

그는 그 주변 시골에서 도둑질을 일삼는 기독교도 소년들 일당의 우두머리였다. 그애들은 과일나무에서 과일 서리를 할 뿐만 아니라 사람들의 집과 닭장에도 들어갔으며 피에트로키오도에게까지 욕설을 퍼부었다. 그들은 또한 기독교도들과 위그노교도들이 어떤 가축을 기르는지 모두 알았다. 그래서 서로서로 정보를 교환했다.

"그런데 나는 다른 죄도 많이 저질렀어. 거짓 증언을 했지. 완두콩에다 물 주는 것을 잊어버렸고 어머니, 아버지를 존경하지 않았어. 게다가 저녁엔 늦게 집에 돌아간다고. 지금 나는 세상

죄를 모두 저질러 보고 싶어. 제대로 이해하기엔 내 나이가 아직 어리다고 얘기하는 것까지 말이야."

에사우는 내게 설명해 주었다.

"모든 죄를? 살인까지 말이야?"

그는 어깨를 으쓱했다.

"내 마음에 안 들거나 내게 복종하지 않는 사람은 죽일 거야."

"사람들이 그러는데 우리 외삼촌은 자기 마음대로 사람을 죽이거나 죽이라고 명령하는 게 취미라고 하더라."

무슨 말로라도 에사우의 생각에 반대하고 싶어 내가 말했다.

에사우가 경멸하듯 내뱉었다.

"바보 같은 취미지."

잠시 후 천둥이 치더니 동굴 밖에서는 비가 내리기 시작했다.

"집에서 너를 찾을 텐데."

에사우가 말했다.

나를 찾는 사람은 아무도 없었다. 하지만 날씨가 나빠지기 시작하면 부모들이 자기 아이들을 찾는 것을 많이 보아 왔기 때문에 그런 일이 중요하다는 사실은 잘 알았다.

"여기서 비가 그칠 때까지 기다려야겠는걸. 그동안 주사위놀이나 하자."

에사우가 말했다.

그러더니 주사위와 돈 뭉치를 꺼냈다. 나는 돈이 없었기 때문에 대신 피리, 칼, 새총을 걸었는데 그에게 모두 잃었다.

"실망하지 마. 너도 알잖아, 내가 사기꾼인 거."

마지막에 에사우가 말했다.

밖에서는 천둥과 번개가 치고 억수 같은 비가 쏟아졌다. 에사우의 동굴에 점차 물이 들었다. 그는 담배와 다른 물건들을 안전하게 옮겨 놓고 나서 말했다.

"밤새 홍수가 날 거야. 집으로 달려가서 피하는 게 좋겠다."

에제키엘레 노인의 오두막에 당도했을 때, 우리는 온통 비에 젖고 진흙투성이였다. 위그노교도들은 희미한 등잔불을 가운데에 두고 테이블에 둘러앉아 성경에 나오는 몇 가지 일화들을 기억해 내고 있었다. 언젠가 한번 읽은 것 같기도 한 몇 가지 일화들을 말하면서 그 의미와 불분명한 진리에 대해 이야기하려 애썼다.

"페스트와 기근!"

그의 아들 에사우가 나와 함께 문틈에 모습을 드러냈을 때 에제키엘레는 주먹으로 테이블을 내리치며 소리 질렀다. 그 바람에 등잔불이 꺼졌다.

나는 이를 덜덜 떨었다. 그리고 에사우는 어깨를 움찔했다. 천둥이란 천둥, 번개란 번개는 모두 황무지 마을 위로 떨어지는 것처럼 밖은 요란했다. 사람들이 등잔불을 다시 켜는 동안 노인은 주먹을 쳐들고, 마치 아들이 인간으로서는 저지를 수 없는 가장 수치스러운 행동이라도 한 듯이 아들의 죄를 하나씩 열거했다. 그러나 에제키엘레가 아는 것은 일부분일 따름이었다. 어머니는 침묵으로 동의했고 다른 아들과 사위, 며느리 그리고 손자 들은 고개를 숙이고 손으로 얼굴을 가린 채 그 소리를 들었다. 그러나 에사우는 그런 설교가 자기와는 관계가 없다는 양 사과를 깨물었다. 나는 천둥 소리와 에제키엘레의 고함 소리를 들으며 갈대처럼 떨었다.

보초를 서던 남자들이 양배추 자루를 들고 비에 젖어 오두막에 돌아오고 나서야 꾸지람은 끝났다. 위그노들은 소총, 낫, 건초 쇠스랑을 들고 예기치 못한 침입을 막기 위해 보초를 서는 것이었다.

"아버지! 고약한 밤이에요. 절름발이가 오지 않을 건 확실합니다. 집으로 철수해도 될까요?"

위그노들이 말했다.

"주변에 그 병신의 흔적은 없었니?"

에제키엘레가 물었다.

"없었어요, 아버지. 타는 냄새가 나긴 했지만 벼락으로 생긴 불 때문이었어요. 이런 밤은 애꾸눈에겐 적합하지 않죠."

"그러면 집에 들어와서 옷을 갈아입도록 해라. 이놈의 날씨가 반쪼가리와 우리에게 평화를 가져다 주는 모양이다."

절름발이, 병신, 애꾸눈, 반쪼가리는 위그노들이 우리 외삼촌을 부를 때 쓰는 몇 가지 별명이다. 나는 그들이 외삼촌의 진짜 이름을 부르는 걸 한 번도 들어 본 적이 없었다. 그들은 그런 이야기를 나누면서, 마치 오랫동안 자작과 알고 지내기라도 한 듯 그리고 그가 자기들의 오랜 적이라도 되는 듯, 자작에 대한 일종의 친밀감 같은 것을 드러내 보였다. 그들은 서로 눈짓을 하고 미소를 지으며 간단한 이야기들에 몰두했다.

"어, 어, 병신. 바로 그래……. 반쪼가리 애꾸눈이야."

그들은 메다르도의 어두침침한 광기를 예측 가능한 분명한 것으로 생각하는 듯했다.

그렇게 이야기들을 하고 있을 때 폭풍우 속에서 문을 두드리는 소리가 들렸다.

"이 시간에 누가 문을 두드리는 걸까? 빨리 가서 문 열어라."

에제키엘레가 말했다.

그들은 문을 열었다. 문 앞에는 비에 흠뻑 젖은 깃털 모자를 쓰고 물방울이 맺힌 검은 망토를 두른 자작이 한쪽 다리로 서 있었다.

"당신들의 마구간에 내 말을 매 놓았소. 제발 좀 들어가게 해 주시오. 밤이 너무 험악해서 길을 갈 수가 없다오."

모두 에제키엘레를 쳐다보았다. 나는 외삼촌이 적의 집에 드나드는 나를 발견하지 못하도록 테이블 밑에 몸을 숨겼다.

"불 옆에 앉으시오. 이 집에 오는 손님은 항상 환영합니다."

에제키엘레가 말했다.

문 옆에는 올리브 열매를 수확할 때 나무 밑에 펼쳐 놓는 시트들이 쌓여 있었다. 메다르도는 그곳에 누워 잠이 들었다.

어둠 속에서 위그노들은 에제키엘레 주위에 모여들었다.

"아버지, 지금 절름발이가 우리 손안에 있어요. 그가 도망가게 내버려둬야 하나요? 그래서 무구한 사람들을 상대로 또 다른 범죄를 저지르게 할 건가요? 아버지, 반쪼가리가 형벌을 받아야 할 시간이 된 것 아니에요?"

그들은 귓속말을 했다.

노인은 천장을 향해 두 주먹을 들었다.

"페스트와 기근!"

노인이 소리쳤다. 거의 다른 소리를 내지 않으며 있는 힘을 다해 말하는 사람이 한 말을 소리쳤다고 할 수 있다면 말이다.

"우리 집에 온 손님에게 해를 끼쳐선 안 돼. 잠든 자작을 내가 직접 보호하겠다. 내가 직접 보초를 서겠다."

그리고 그는 멜빵에 소총을 맨 후, 누워 잠들어 있는 자작 곁에 섰다. 자작이 눈을 떴다.

"거기서 무얼 하시나요, 에제키엘레 어른?"

"잠자는 당신을 지키고 있습니다, 손님. 많은 이들이 당신을 미워하니까요."

"알고 있소, 내가 잠자는 동안 하인들이 나를 죽일지도 모르기 때문에 난 성에서는 잠을 잘 수가 없어요."

"우리 집에서도 당신을 좋아하지 않습니다, 메다르도 나리. 그렇지만 오늘 밤에는 당신을 해치지 않을 거요."

자작은 잠시 침묵 속에 앉아 있다가 말을 이었다.

"에제키엘레, 당신의 종교로 개종하고 싶소."

노인은 아무 말도 하지 않았다.

"내 주위에는 믿을 수 없는 사람들뿐이라오. 난 그들 모두를 없애 버리고 싶소. 그리고 성에 위그노들을 부르고 싶다오. 에제키엘레 어른, 당신이 성직자가 되는 겁니다. 나는 테랄바의 영지에 위그노교를 포교하고 기독교 군주들과 전쟁을 시작하겠소. 당신과 당신 가족들이 우두머리가 되는 거요. 동의하시죠, 에제키엘레? 내가 개종할 수 있겠지요?"

메다르도가 계속해서 말했다.

넓은 가슴에 총을 매달고, 노인은 움직이지 않은 채 그대로 서 있었다.

"저는 우리 종교에 대해 너무 많은 것들을 잊어버렸습니다. 그렇기 때문에 누군가를 개종시킨다는 것은 모험일 수도 있지요. 나는 내 신앙대로 내 땅에서 살 겁니다. 당신은 당신 신앙대로 살면 되는 거고요."

자작은 한쪽 팔꿈치를 딛고 일어섰다.

"당신도 아시지요, 에제키엘레? 우리 고장에 이교도들이 산다는 사실을 내가 아직 종교재판소에 보고하지 않았다는 걸 말이오. 당신들의 머리를 우리 주교에게 보내면 그 즉시 교황청의 은총이 내게 내려진다는 걸 아시겠지요?"

"우리들의 머리는 아직 우리 목 위에 붙어 있습니다, 나리. 그리고 우리를 쉽게 없애지는 못할 거요."

노인이 말했다.

메다르도는 벌떡 일어났다. 그리고 문을 열었다.

"적들의 집에서 자는 것보다는 저 아래 떡갈나무 밑에서 자는 게 더 나을 것 같군."

그러고는 빗속으로 뛰어가 버렸다.

노인은 다른 사람들을 불렀다.

"아들들아, 맨 처음 우리를 방문하는 손님은 절름발이일 거라는 예언이 있었다. 이제 그는 갔다. 하지만 우리 집 쪽으로 난 오솔길은 그 누구에게든 개방되어 있다. 실망하지 마라, 아들들아. 아마도 어느 날엔가는 더 좋은 길손이 우릴 방문할 것이다."

수염이 난 위그노들과 모자를 벗은 위그노들이 모두 고개를 숙였다.

"그리고 길손이 오지 않는다 해도 우리 생활엔 아무 변화가 없을 거야."

에제키엘레 부인이 덧붙였다.

그 순간 하늘에서 번갯불이 번쩍이고 천둥 때문에 기와와 벽돌 들이 진동했다. 토비아가 소리쳤다.

"떡갈나무에 번개가 떨어졌어요! 지금 나무가 불타요!"

그들은 등불을 들고 달려갔다. 그리고 커다란 나무가 꼭대기부터 밑동까지 반쪽이 되어 다 타 버린 것을 보았다. 나머지 반쪽은 전혀 불에 타지 않은 채 고스란히 남아 있었다. 멀리 빗속에서 말발굽 소리가 들렸고 번갯불 속에서 외투로 몸을 가린 여윈 기사의 몸이 보였다.

"아버지, 당신이 우리를 살렸어요. 고맙습니다, 아버지."

위그노들이 말했다.

동쪽에서부터 하늘이 밝아 왔다. 동틀 무렵이었다.

따로 떨어져 있던 에사우가 나를 불렀다.

"우리 식구들이 얼마나 어리석은지 봤니? 내가 한 일을 좀 볼래?"

그는 내게 천천히 말하더니 번쩍번쩍 빛나는 물건을 한 움큼 보여 주었다.

"전부 안장에 달려 있던 금 장식이야. 마구간에 말이 묶여 있을 때 훔쳤어. 우리 식구들이 얼마나 어리석냐고. 이런 걸 생각지도 못했으니."

나는 에사우의 이런 행동에 만족스러움을 느낄 수가 없었다. 그의 가족들처럼 그도 나를 난처하게 했다. 그래서 나는 나 자신을 위해 그냥 혼자 있는 게 더 좋았다. 나는 혼자서 바닷가로 조개를 줍거나 게를 잡으러 가는 걸 더 좋아했다.

어느 날 내가 굴에서 나오는 게를 찾아 바위 위에 올라가 있을 때, 발 밑의 고요한 수면에서 칼날이 흔들리는 것을 보았다. 그걸 보고 놀라서 나는 물에 빠져 버리고 말았다.

"그대로 있어라."

외삼촌이 말했다. 바로 그가 내 어깨 근처까지 다가왔다. 그는 내가 칼날 쪽을 잡길 바랐다.

"아니에요, 나 혼자 올라갈래요."

나는 불쑥 튀어나온 바위 위로 기어 올라갔다.

"게를 잡으러 왔니? 나는 낙지를 찾으러 왔단다."

메다르도가 이렇게 말하더니 나에게 자기 노획물을 보여 주었다. 커다란 갈색과 흰색 낙지들이었는데 모두 칼로 일격을 가해 두 쪽이 나 있었다. 그러나 낙지들은 촉수를 계속 움직였다.

"온전한 것들은 모두 이렇게 반쪽을 내 버릴 수 있지."

바위 위에 머리를 기대고 누운 외삼촌이 꿈틀거리는 반쪽짜리 낙지들을 쓰다듬으면서 문득 말했다.

"그렇게 해서 모든 사람들이 둔감해서 모르고 있는 자신들의 완전성에서 벗어날 수 있는 거야. 나는 완전해. 그리고 내게는 모든 것들이 공기처럼 자연스럽고 막연하고 어리석어 보여. 나는 모든 것을 볼 수 있다고 믿었는데 그건 껍질에 지나지 않았어. 우연히 네가 반쪽이 된다면 난 너를 축하하겠다. 얘야, 넌 온전한 두뇌들이 아는 일반적인 지식 외의 사실들을 알게 될 거야. 너는 너 자신과 세계의 반쪽을 잃어버리겠지만 나머지 반쪽은 더욱 깊고 값어치 있는 수천 가지 모습이 될 수 있지. 그리고 너는 모든 것을 반쪽으로 만들고 너의 이미지에 맞춰 파괴해 버리고 싶을 거야. 아름다움과 지혜와 정당성은 바로 조각난 것들 속에만 있으니까."

"와, 와, 여기 게들이 무척 많아요."

나는 외삼촌의 칼날에서 멀어지기 위해 오로지 게 잡기에만 관심 있는 척했다. 그가 자기 낙지들을 가지고 멀리 사라질 때까지 나는 해변에 돌아가지 않았다. 그러나 그가 했던 말 때문에 계속 당황스러웠고 그가 지닌 이런 반쪽짜리 분노에서 몸을 보호할 방법을 찾을 수가 없었다. 내가 어느 곳을 돌아보아도 트렐로니, 피에트로키오도, 위그노들 그리고 문둥이 같은 반쪽짜리 인간의 표식을 지닌 사람들밖에 없었다. 그리고 우리가 봉사하고 있는 주인은 바로 메다르도 자작이었고 우리는 그에게서 자유로워질 수 없었다.

# 6

테랄바의 메다르도는 움직이지 않게 경주용 말안장에 고정
된 채 아침 일찍 벼랑을 오르내렸다. 그리고 독수리 같은 눈으
로 주변을 자세히 살피면서 계곡 쪽으로 몸을 내밀었다. 그러다
가 염소들과 함께 풀밭에 있던 양치기 소녀 파멜라를 발견했다.

자작은 혼잣말을 했다.

"내 날카로운 감정 속에는 온전한 사람들이 사랑이라고 부르
는 감정과 일치할 수 있는 것이 전혀 없어. 그런데 만일 그렇게
어리석은 감정이 사람들에게 그다지도 중요하다면 나도 그에 상
응하는 것을 만들어 낼 수 있겠지. 그렇다면 그것은 틀림없이 멋
지고 무시무시할 거야."

그래서 그는 붉은색 누더기만 걸친 채 신발도 신지 않은 파멜
라를 사랑하기로 결정했다. 그녀는 풀밭 위에 고개를 숙이고 앉
아 있었는데 꾸벅꾸벅 졸기도 하고 염소들과 이야기도 하고 꽃
향기를 맡기도 했다.

그러나 메다르도가 냉담하게 표현했던 생각들이, 거짓으로 꾸며낸 것만은 아니었다. 파멜라를 보자 메다르도는 자기도 모르게 피가 움직이는 듯한 느낌을 받았고 오랫동안 맛보지 못했던 무엇인가를 느꼈다. 그는 놀랄 정도로 성급하게 그 생각들을 실현하러 달려갔다.

점심때 집으로 돌아오는 길에 파멜라는 풀밭에 핀 데이지 꽃들이 모두 반쪽만 남은 것을 발견했다. 나머지 꽃잎 반쪽은 땅에 떨어져 있었다.

"어머, 계곡의 다른 소녀들에게도 이런 일이 생겼을까!"

그녀는 자작이 자신을 사랑하는 것을 알게 되었다. 그녀는 반쪽짜리 데이지 꽃을 모두 따서 집으로 가져갔다. 그리고 그것들을 성경 속에 끼워 넣었다.

오후에 파멜라는 풀을 먹이고 저수지에서 놀게 하려고 수오리들을 데리고 수녀들의 초원으로 갔다. 초원에는 하얀 방풍나물 꽃들이 가득 피어 있었다. 그러나 이 꽃들도 역시 데이지 꽃과 같은 운명에 처했다. 꽃의 줄기 부분이 마치 가위로 잘린 것처럼 잘려 나가고 없었다.

"어머나, 그가 원하는 건 바로 나야."

그녀는 꽃잎들을 장롱 유리 액자에 끼워 넣기 위해 반쪽짜리 방풍나물 꽃들을 모았다. 그리고 그 일은 더 이상 생각하지 않고 머리를 묶어 올리고 옷을 벗고 저수지에 들어가 오리들과 함께 수영을 했다.

저녁에는 '민들레'라고 불리는 꽃들이 가득 핀 초원을 지나서 집으로 왔다. 그 길에서 파멜라는 민들레의 한쪽 홀씨들이 없는 것을 발견했다. 마치 누군가가 한쪽에서 입으로 불어 떨어뜨린 것 같기도 했고 반쪽짜리 입으로 분 것 같기도 했다. 파멜라는 반쪽이 된 하얗고 둥근 부분을 몇 개 따서 날렸다. 부드러운 홀씨는 멀리 날아갔다.

"어머나, 바로 나를 원하는 거야. 앞으로 어떻게 될까?"

파멜라네 오두막집은 아주 작았다. 그래서 양들을 2층에 들어가게 하고 1층에 오리를 집어 넣으면 더 이상 다른 사람이 들어갈 수가 없었다. 주위에는 벌통이 놓여 있어서 온통 꿀벌들 천지였다. 그리고 개미 떼들로 꽉 차 있었다. 어느 곳에든지 한쪽 손을 집어 넣기만 하면 빼낼 때에는 손이 개미 떼들로 시꺼맸다. 파멜라의 엄마는 그런 것들에 손을 대지 않은 채 짚더미 위에서 잠을 잤고, 아버지는 빈 통 위에서 잠을 잤다. 그리고 파멜라는 그물 침대를 무화과나무와 올리브나무 사이에 걸어 놓고 그 위에서 잠을 잤다.

파멜라는 입구에 멈춰 섰다. 날개와 몸 반쪽이 돌에 짓이겨진 채로 나비 한 마리가 죽어 있었다. 파멜라는 비명을 질렀다. 그리고 부모를 불렀다.

"여기 누가 다녀갔어요?"

"조금 전에 자작이 지나갔다. 자기를 쏜 나비를 쫓아 여기까지 왔다고 말하더구나."

"나비들이 언제 사람을 쏘던가요?"

"글쎄, 우리도 그걸 물어봤지."

"사실은 자작이 나를 사랑해요. 틀림없이 나쁜 일을 당할 거예요."

"우하하하, 착각하지 마라. 과장하지 말라고."

젊은이들이 노인들 생각에 맞는 답변을 하지 못하면 노인들은 항상 그런 식으로 말했다.

다음 날 파멜라는 염소에게 풀을 먹이러 가서 자신이 자주 앉던 바위로 가다가 비명을 지르고 말았다. 무시무시한 동물 잔해들이 바위 위에 던져져 있었다. 반쪽짜리 박쥐와 반쪽짜리 해파리였는데 하나는 검은 피를 흘렸고 다른 하나는 끈적끈적한 피로 범벅이 되어 있었다. 그리고 해파리에는 아교질같이 축축한 털이 남아 있었다. 양치기 소녀는 그 메시지의 의미를 깨달았다. 이런 뜻이었다. 오늘 밤 바닷가에서 만나자. 파멜라는 용기를 내어 약속 장소로 나갔다.

그녀는 바닷가 조약돌 위에 앉아서 하얀 파도가 스치는 소리를 들었다. 그리고 잠시 후 조약돌 위를 달려오는 말발굽 소리가 들렸다. 자작은 멈춰 서서 조임쇠를 벗기고 말안장에서 내렸다.

"나는 파멜라, 너를 사랑하기로 결정했다."

"그럼 당신은 그 때문에 자연의 생물들을 괴롭히는 건가요?"

자작이 탄식하듯 말했다.

"파멜라, 다른 이야기는 할 필요 없어, 두 존재가 세상에서 만나면 언제든지 한 사람은 부서져 버리게 마련이다. 나와 함께 가자. 나는 악이 어떤 것인지 아니까 너는 다른 어떤 사람과 있을 때보다도 안전할 거야. 난 사람들이 저지르는 나쁜 짓은 모두 다 할 수 있거든. 그렇지만 다른 사람들과는 달리 난 내 권력 덕분에 안전하지."

"그럼 나도 데이지 꽃이나 해파리처럼 찢어 버릴 건가요?"

"네게 무슨 행동을 할지는 나도 잘 모른다. 하지만 너를 가지면 분명 내가 전혀 상상도 할 수 없었던 일까지도 가능할 거야. 난 너를 성으로 데려갈 거다. 그리고 널 그곳에서 살게 하면서 그 누구도 너를 볼 수 없게 만들겠어. 며칠 아니 몇 달만 지나면 우리는 항상 우리가 함께 지낼 수 있는 새로운 방법을 만들어 낼 수 있을 거고 그 방법들을 이해하게 되겠지."

파멜라는 자갈 위에 드러누웠다. 그리고 메다르도는 그녀 곁에 무릎을 꿇고 앉았다. 이야기를 하는 동안 손으로 그녀 주변을 훑었지만 그녀에게 손을 대지는 않았다.

"좋아요. 그러면 당신이 제일 먼저 무슨 행동을 할 건지 알아야겠어요. 지금 제가 그걸 시험해 볼 수 있게 해 주세요. 그러고 나서 제가 성으로 가든 안 가든 하겠어요."

자작은 천천히 파멜라의 뺨에 갈퀴같이 여윈 손을 가져갔다. 그의 손은 떨렸고 애무를 하려는 건지 할퀴려는 건지 알 수가 없었다. 그러나 여전히 그녀에게 손을 대지는 않았다. 순간 자작은 갑자기 손을 거두면서 일어섰다.

"난 네가 성에 있길 원해."

그가 말에 올라타면서 말했다.

"네가 살 탑을 마련하러 간다. 생각할 수 있도록 하루의 여유를 주겠다. 그 후엔 결정해야만 해."

자작은 이렇게 말하고 박차를 가해 바닷가를 달렸다.

다음 날 파멜라는 보통 때처럼 뽕나무 열매를 따러 뽕나무 위로 올라갔다. 그런데 잎사귀들 틈새에서 무언가가 신음하며 날갯짓하는 소리가 들렸다. 파멜라는 놀라서 한동안은 내려갈 수가 없었다. 날개가 묶인 닭이 높은 가지에 매달려 있었고 털이 많은 남색 나비들이 그 닭을 갉아 먹고 있었다. 그리고 소나무 위에 사는 송충이들이 바로 닭의 볏 위에 놓여 있었다.

그것은 자작의 무시무시한 또 다른 메시지 같았다. 파멜라는 그것을 이렇게 해석했다.

"내일 숲에서 만나자."

자루에 솔방울을 주워 담아 온다는 핑계로 파멜라는 숲으로 올라왔다. 메다르도는 소나무 지팡이를 기대 놓은 나무 뒤에 서 있다가 나타났다.

"성으로 오기로 결정했나?"

파멜라는 소나무 잎들 위에 드러누웠다.

"가지 않기로 했어요. 만약 저를 원하시면 이 숲으로, 이곳으로 저를 만나러 오세요."

파멜라가 몸을 돌리며 말했다.

"성으로 가자. 네가 살 탑을 마련해 두었다. 너는 그곳의 유일한 여주인이 될 수 있어."

"당신은 저를 그곳에 가두고 싶어 해요. 그리고 아마도 절 불태워 죽이거나 쥐들이 물어뜯어 죽이게 할 거예요. 싫어요, 싫어요. 제가 말했잖아요. 당신이 원하시면 전 당신 것이 될 수 있어요. 하지만 그건 여기 이 솔잎들 위에서예요."

자작은 그녀의 머리맡에 쭈그리고 앉았는데 손에는 솔잎을 들고 있었다. 자작은 그것을 그녀의 목에 가져다 대고 돌렸다. 파멜라는 소름이 끼쳤지만 그대로 있었다. 그녀는 자신의 몸 위에 고개를 숙인 자작의 얼굴을 보았다. 정면에서 보아도 반쪽밖에 보이지 않는 그 반쪽짜리 얼굴, 가위 같은 웃음을 보이는 반쪽짜리 이들이 그려 내는 원을 보았다. 메다르도는 솔잎을 꽉 쥐더니 짓이겨 버렸다. 그리고 다시 일어섰다.

"난 널 성에 가두어 놓고 내 것으로 만들고 싶다. 가둬 놓고 말이다!"

파멜라는 과감하게 행동해야 한다는 것을 깨달았다. 그래서 맨발을 공중으로 들어 흔들면서 말했다.

"여기 이 숲에서예요. 성은 싫다고 하지 않았어요? 갇혀 있는 것은 죽어도 싫어요."

"난 널 곧 성으로 데려갈 수 있어."

그때 우연히 지나다 들른 것처럼 자작의 말이 다가왔고, 자작은 말 등에 손을 얹으며 이렇게 말했다. 그는 등자 위에 올라타고 박차를 가해 숲 속 오솔길로 달려가 버렸다.

그날 밤 파멜라는 올리브나무와 무화과나무 사이에 매달린 자기 그물 침대에서 잠을 잤다. 그리고 아침에 무시무시하게도 자기 배 위에서 피에 젖은 작은 시체를 발견했다. 다른 것들처럼 길게 잘린 다람쥐 반쪽이었는데 황갈색 꼬리는 고스란히 남아 있었다.

"이 일을 어째……. 저 자작은 나를 살려 두지 않을 거예요."

그녀는 부모에게 말했다.

부모는 천천히 다람쥐 시체를 살펴보았다.

"그렇지만 꼬리는 완전하게 남았구나. 아마도 좋은 뜻일 게다."

아빠가 말했다.

"아마 그가 착해지기 시작한 모양이구나."

엄마가 말했다.

"자작은 항상 두 쪽을 냈잖니? 하지만 다람쥐에게서 제일 예쁜 것은 꼬리라고. 그걸 생각한 거야."

아빠가 말했다.

"이 메시지는 마치 네가 얼마나 예쁘고 착한가를 자작도 안

다고 말하는 것 같구나."

이번엔 엄마가 말했다.

파멜라는 머리 위에 손을 얹었다.

"무슨 말을 하시는 거예요. 어머니, 아버지! 여기엔 뭔가 숨겨져 있어요. 자작은 뭔가를 이야기하는 거예요."

"아무것도 말하지 않았다. 다만 우리를 만나러 오거나 가난한 우리들에게 관심을 기울이고 싶다고 이야기하는 것뿐이야."

아빠가 말했다.

"아버지, 만약 자작이 아버지에게 와서 무슨 말을 하려고 하면 그를 벌들이 있는 곳으로 보내고 꿀벌통 뚜껑을 여세요."

파멜라는 아빠에게 말했다.

"애야, 메다르도 나리가 점점 착해지는 것 같은데."

엄마가 말했다.

"어머니, 만약 자작이 어머니, 아버지에게 이야기하러 오면 그를 개미집 위에 잡아 놓으세요. 그리고 그대로 내버려두세요."

그날 밤, 엄마가 잠을 자는 밀짚 더미에 불이 붙었고 아빠가 자는 통은 망가져 버렸다. 아침에 두 노인이 재앙이 남기고 간 잔해들을 바라보고 있을 때 자작이 나타났다.

"어젯밤 당신들을 놀라게 해서 미안합니다. 하지만 어떻게 말을 꺼내야 할지 몰라서 그런 거요. 사실은 내가 당신 딸, 파멜라를 좋아합니다. 그리고 그녀를 성으로 데려가고 싶소. 오늘은 그래서 파멜라를 내게 달라고 정식으로 요청하러 왔다오. 그녀의 인생뿐만 아니라 당신들 인생도 바뀔 거요."

"저희는 기꺼이 받아들이고 싶답니다, 나리! 하지만 나리도 제 딸의 성격을 잘 아실 텐데요! 나리가 오면 꿀벌통으로 유인

하라고 말했답니다. 상상을 해 보세요."

아빠가 말했다.

"생각 좀 해 보세요, 나리. 그애가 당신을 개미집 위에 묶어 놓으라고 말했다고요!"

엄마가 말했다.

이날 파멜라가 일찍 집으로 돌아온 게 천만다행이었다. 한 사람은 꿀벌통 위에 다른 사람은 개미집 위에 재갈이 물린 채 묶여 있었다. 벌들이 노인을 알아본 것과 개미들이 노파를 물어뜯는 일 말고 다른 할 일이 있었던 게 불행 중 다행이었다. 그래서 파멜라는 두 노인을 무사히 구출할 수 있었다.

"자작이 얼마나 선량해졌는지 보셨지요?"

파멜라가 말했다.

하지만 두 노인에겐 무언가 꿍꿍이속이 있었다. 다음 날 그들은 파멜라를 잡아 놓고 그녀를 동물들과 함께 집에 가두어 버렸다. 그리고 파멜라를 넘겨줄 준비를 해 놓았으니 원한다면 와서 데려가라고 자작에게 이야기하러 성으로 갔다.

그러나 파멜라는 자기 동물들과 이야기를 나눌 수 있었다. 오리들이 주둥이로 올가미를 벗겨 주었고 염소들이 머리 뿔로 받아서 문을 열어 주었다. 파멜라는 달아났다. 그리고 자신이 좋아하는 염소 한 마리와 오리 한 마리를 데리고 숲으로 들어갔다. 그녀가 사는 동굴을 아는 사람은 그녀에게 먹을 것과 소식을 전해 주는 아이 하나뿐이었다.

그 아이는 바로 나였다. 나는 파멜라와 숲 속에서 재미있게 살았다. 나는 그녀에게 과일이며 치즈 그리고 튀긴 생선 같은 것 가져다 주었다. 그러면 그녀는 그 대신 나에게 염소젖 몇 잔 그리고 오리알 몇 개를 주곤 했다. 그녀가 저수지나 시냇가에서 목욕을 할 때면, 나는 다른 사람들 눈에 띄지 않게 망을 보았다.

때로는 외삼촌이 숲으로 지나가면서 평상시와 같은 우울한 모습을 드러내긴 했지만 가까이 오지는 않았다. 가끔씩 산사태가 나서 파멜라의 짐승들이 위험에 처하기도 했다. 가끔은 그녀가 기대고 있던 소나무 줄기가 휘어지기도 했는데, 누군가 나무 밑부분에 도끼질을 했기 때문이다. 종종 샘물에는 죽은 동물 시체들이 썩어 있기도 했다.

외삼촌은 한 손으로도 작동할 수 있는 총기를 가지고 사냥을 가곤 했다. 그러나 그는 점점 더 여위었고 표정도 훨씬 어두웠다. 마치 새로운 고통들이 남아 있는 그의 육체를 조금씩 갉아 먹는 것 같았다.

어느 날 트렐로니는 나와 함께 들판으로 나갔다. 그때 자작이 말을 타고 우리에게로 왔다. 그리고 트렐로니와 부딪쳐서 그를 쓰러뜨렸다. 자작은 트렐로니의 가슴에 말발굽을 가져다 댔다.

"내게 설명해 주시오, 의사 선생. 난 오랫동안 걸어도 다리가 아프지 않소. 어떻게 이럴 수 있는 거요?"

트렐로니는 당황했고 보통 때처럼 말을 더듬었다. 자작은 박차를 가해 달려가 버렸다. 그러나 그 질문이 충격을 주기라도 한 듯, 트렐로니는 손으로 턱을 괴고 생각하기 시작했다. 나는 그가 인간 의학 문제에 그렇게 흥미를 갖는 것을 본 일이 없었다.

# 7

버섯 들판 주위에는 무성한 박하와 울타리 같은 로즈마리가 자랐는데 그곳이 잡초 밭인지 허브를 키우는 밭인지 분명치 않았다.

나는 은은한 향기를 맡으며 그 주위를 맴돌았다. 그러면서 늙은 유모 세바스티아나에게 갈 수 있는 길을 찾았다.

세바스티아나가 문둥이 마을로 이어지는 오솔길을 따라 사라진 이후부터 나는 내가 고아라는 사실을 더 자주 실감했다. 그녀 소식을 전혀 들을 수 없었기 때문에 나는 절망하곤 했다. 그러다가 갈라테오가 지나갈 때면 나무 꼭대기로 기어올라 소리를 질러 세바스티아나에 대해 물어보았다. 그러나 갈라테오는 어린아이들의 적이었다. 가끔씩 어린아이들은 나무 꼭대기에서, 살아 있는 도마뱀을 갈라테오의 어깨 위로 던졌는데 그러면 그는 달콤하고 날카로운 목소리로 조롱을 퍼붓거나 이해할 수 없는 대꾸를 해 댔다. 이제 나는 버섯 들판으로 들어가고 싶은 호

기심과 함께 유모를 찾고 싶은 마음이 굴뚝 같았다. 그래서 향기 나는 관목 속을 쉬지 않고 돌아다녔다.

그러다가 마침내 백리향 덤불에 밝은 색 옷을 입고 밀짚모자를 쓴 사람이 서 있는 것을 보았다. 그 사람은 마을을 향해 걸어갔다. 나는 그 늙은 문둥이에게 유모에 대해서 물어보고 싶었다. 그래서 소리를 지르지 않고도 내 얘기가 충분히 들릴 만한 거리까지 가까이 가서 말했다.

"이봐요, 여보세요. 거기 계신 문둥이 어른!"

그러나 그 순간 내 말소리 때문에 잠이 깬 듯, 내 곁에 있던 다른 문둥이가 일어나 앉아 손발을 뻗었다. 피부가 메마른 그의 얼굴은 껍질이 다 벗었고 하얀 수염이 듬성듬성 나 있었다. 그는 주머니에서 피리를 꺼내더니 마치 조롱하듯 나를 향해 피리를 불었다. 그래서 나는 태양이 내리쬐는 오후에는 관목 숲 속에 문둥이들이 많이 누워 있다는 사실을 알게 되었다. 이제 작업복을 입은 문둥이들이 천천히 일어나서 해를 등지고 버섯 들판을 향해 걸어가기 시작했다. 그들은 손에 든 악기나 정원사들이 쓰는 연장들로 소리를 냈다. 나는 수염 난 그 사람에게서 멀어지려고 몸을 피했지만 월계수 잎으로 머리를 빗고 있는 코가 없는 다른 문둥이와 부딪쳤다. 이 관목 지대에서 뛰어 달아나려면 계속 다른 문둥이들과 맞닥뜨려야만 했다. 그리고 내가 움직일 수 있는 통로는 버섯 들판 방향밖에 없다는 사실을 깨달았다. 이미 비탈길 발치에 있는, 독수리 깃털로 장식한 짚 지붕들이 가까이에 있었다.

문둥이들은 차츰차츰 눈짓을 하고 손풍금을 울리며 나에게 관심을 갖기 시작했다. 나는 그들이 행진하는 한가운데에 있었기 때문에, 마치 그들에게 사로잡힌 동물처럼 버섯 들판으로 가야 했다.

마을 집 벽에는 라일락 꽃이 그려져 있었으며 반쯤 옷을 벗고 라일락으로 가슴과 얼굴을 장식한 여인이 창문에서 하프를 연주하다가 소리쳤다.

"정원사들이 돌아와요!"

그러고는 계속 하프를 연주했다. 또 다른 여자들이 창문에 얼굴을 내밀었다. 그리고 발코니에서 방울을 울리며 노래했다.

"잘 돌아왔어요, 정원사 여러분들!"

나는 이 비좁은 길 가운데에서 내 몸을 보호하려고 애썼고 다른 사람과 몸이 닿지 않으려고 조심했다. 그러나 나는 마치 작은 음악회에 와 있는 것 같았다. 주위는 문둥이들 천지였으며 여자 남자 할 것 없이 자기 집 문 앞에 나와 앉아 있었다. 그들은 색이 바래고 찢어진 작업복을 입었는데 염증이 생긴 임파선과 음부가 모두 드러나 보였다. 여자들은 머리에 아네모네와 하얀 들장미를 꽂고 있었다.

내 명예를 걸고 말하건대 그들은 음악회를 연 것이었다. 몇몇은 현을 지나칠 정도로 질질 끌면서 나를 향해 바이올린을 연주했고 다른 사람들은 그런 그들을 바라보면서 개구리 소리를 냈으며, 또 어떤 사람들은 실을 잡아당겨 끌어올렸다 내렸다 하는 이상한 꼭두각시들을 보여 주었다. 이 작은 음악회를 만들어 내는 것은 바로 그런 부조화스러운 행동과 음들이었다. 그러면서도 그들이 매번 반복하는 후렴구 같은 것이 하나 있었다.

"얼룩 없는 병아리가 검은 딸기를 따러 갔다가 몸이 더러워졌다네."

"난 우리 유모를 찾으러 왔어요. 세바스티아나 할머니인데 어디 사는지 아세요?"

내가 큰 소리로 말했다.

그들은 내가 익히 잘 아는 좋지 않은 분위기를 풍기면서 웃음을 터뜨렸다.

"세바스티아나! 어디 있어요!"

내가 소리쳤다.

"여기다, 꼬마야. 자, 얘야."

한 문둥이가 이렇게 말하고 문 하나를 가리켰다.

문이 열리더니 올리브색 피부 여인이 나왔다. 그 여인은 마치 사라센 여자처럼 보였는데 반쯤 옷을 벗었으며 독수리 날개 문신을 새긴 것 같았다. 그녀가 음탕한 춤을 추기 시작했다. 그다음에는 무슨 일이 일어났는지 잘 모르겠다. 여자와 남자들이 서로 상대방에게 몸을 맡겼다. 그리고 이상한 짓들을 하기 시작했는데 후에 나는 그것이 그들의 유흥이었음을 알았다.

내가 몹시 위축된 채 서 있을 때, 갑자기 세바스티아나 할머니가 나타나 둥글게 원을 그린 사람들 속으로 들어왔다.

"추악한 인간들 같으니, 적어도 순수한 영혼만은 보호를 해 주어야지."

그녀가 말했다. 그러더니 내 손을 잡고, 노래 부르는 사람들 속에서 나를 끌어냈다.

"얼룩 없는 병아리가 검은 딸기를 따러 갔다가 몸이 더러워졌다네."

세바스티아나는 수녀 풍 밝은 보라색 옷을 입고 있었는데 그녀의 주름살 없는 뺨은 이미 얼룩이 몇 개 생겨 지저분했다. 나는 그녀를 다시 볼 수 있어서 기뻤지만 그녀가 내 손을 잡았으므로 틀림없이 문둥병이 옮았다고 생각하여 절망을 느꼈다. 나는 이 기분을 그녀에게 이야기했다.

세바스티아나가 대답했다.

"걱정하지 마라. 우리 아버지는 해적이었고 할머니는 수행자였단다. 그래서 나는 어떤 풀에 어떤 효험이 있는지 거의 모두 다 알지. 우리들의 병뿐만 아니라 무어인들의 병에 사용하는 풀도 알고 있다. 문둥이들은 약풀을 찾으러 마요라나와 당아욱 사이를 휘젓고 다닌단다. 대신 나는 조용조용히 보리지와 물냉이를 달여 마시는 약을 만들지. 그 약 때문에 문둥병이 몸에 숨어들어올 수 없는 거란다."

"그런데 유모 얼굴에 있는 이 얼룩들은 뭐예요?"

내가 물었다. 세바스티아나의 말에 많은 위안을 받았지만 아직 완전히 납득되지 않았기 때문이었다.

"송진이야. 저들에게 나도 문둥병에 걸렸다는 것을 보여 주려고 일부러 발랐단다. 우리 집에 가서 따뜻한 허브차를 마시자. 이런 곳에서는 말조심을 해야 한단다."

세바스티아나는 나를 그녀의 집으로 데려갔다. 문둥이 집들과 조금 떨어진 깨끗한 오두막이었는데 이런저런 물건들이 여기저기 놓여 있었다. 우리는 이야기를 나누었다.

"메다르도라고? 메다르도?"

그녀는 물었다. 그리고 내가 말을 할 때마다 이런 말로 내 이야기를 중단하곤 했다.

"저런 나쁜 놈! 저런 도둑놈 같으니! 사랑에 빠졌다고? 아, 불쌍한 처녀! 이곳이 어떤지 너희들은 상상도 하지 못할거다. 문둥이들이 물건을 얼마나 낭비하는지 아니? 우리가 갈라테오에게 주려고 내놓았던 물건을 여기에선 어떻게 쓰는지 아니? 저 갈라테오는 좋은 사람이 아니야. 아니, 오히려 나쁜 녀석이지. 그것만이 아니란다! 밤에 하는 짓들이라니! 그리고 낮에는 또 어떻고! 이 여자들, 이렇게 부끄러움을 모르는 여자들은 여태까지 보질 못했어! 옷이라도 잘 입어야 하는데 그것조차 제대로 안 해. 엉망진창인 데다가 누더기를 입고 다닌단다! 오, 나는 그들 면전에서 이런 이야기들을 했단다. 그런데 그들이 내게 무어라고 대답했는지 아니, 그 사람들이?"

나는 이렇게 유모를 만난 것이 아주 만족스러워서 다음 날 뱀장어를 잡으러 갔다.

나는 강물이 흘러 모이는 곳에 낚싯줄을 드리우고 뱀장어가 물리기를 기다리면서 잠을 잤다. 얼마나 잤는지 알 수 없었다. 이상한 소리 때문에 나는 잠에서 깨었다. 눈을 뜨자 내 머리 위로 손이, 그리고 그 손 위에 있는 털 많은 붉은 거미가 보였다. 내가 몸을 돌렸더니, 거기에는 바로 검은 망토를 두른 외삼촌이 있었다.

나는 깜짝 놀라 벌떡 일어났고 그 순간 거미가 외삼촌 손을 깨물고 재빠르게 사라졌다. 그러자 외삼촌은 손을 입술에 가져다 댔고 가볍게 상처를 빨았다.

"네가 잠들어 있을 때, 저 나뭇가지에서 독거미 한 마리가 네 목 위로 내려가더구나. 그래서 내가 손을 앞에 대었더니 나를 문 거야."

얼마 전에 이야기했듯이 외삼촌은 이미 세 번씩이나 비슷한 방법으로 내 목숨을 노리는 시도를 했으므로, 나는 그의 말을 전혀 믿지 않았다. 그러나 지금 그 거미가 그의 손을 깨물었고 손이 부풀어 오른 것만은 확실했다.

"너는 내 조카지."

"예."

외삼촌이 나를 조카로 처음 인정해 주었기 때문에 나는 조금 놀라서 대답했다.

"나는 너를 금방 알아보았단다."

그가 말했다. 그리고 덧붙였다.

"아, 이 거미! 내겐 손이 하나밖에 없는데 그 한 손에다마저 독을 쏘았어! 그렇지만 어린아이의 목을 깨문 것보다야 내 손을 문 게 분명 더 낫겠지."

우리 외삼촌은 단 한 번도 이렇게 말한 적이 없었다. 그가 진심으로 그러는 건지, 갑자기 착한 사람이 된 건지 의심스러웠지만 나는 곧 그 생각들을 몰아냈다. 외삼촌은 이제 거짓말을 하고 음모를 꾸미는 일에 익숙했다. 하지만 분명 지금 그는 많이 변한 듯 보였다. 전처럼 몹시 긴장된 잔인한 표정은 짓지 않았다. 오히려 그와는 반대로 힘이 없고 슬퍼 보였는데 아마도 물린 상처에 대한 두려움과 아픔 때문인 것 같았다. 그는 또한 평상시와는 조금 다른 차림이었는데 먼지투성이 옷을 입고 있었다. 그런 차림새 때문에 그와 같은 인상을 받은 것 같았다. 그의 망토는 약간 찢어졌고 가장자리에는 마른 나뭇잎과 밤송이들이 붙어 있었다. 망토 역시 보통 때의 검은 우단이 아니라 털이 빠지고 색이 바랜 면직이었다. 발에도 굽 높은 가죽 구두를 신은 게 아니라 남색과 흰색 줄무늬 양모 양말을 신고 있었다.

나는 외삼촌에게 관심이 없다는 것을 보여 주려고 뱀장어가 낚시에 걸렸는지 보러 갔다. 그러나 낚시 바늘엔 뱀장어 대신 다이아몬드가 박힌 금반지가 걸려서 반짝거리고 있었다. 그 반지를 끌어올려 바위 위에 놓고 보니 테랄바 문장이 새겨져 있었다.

자작이 조용히 나를 따라와 그것을 슬쩍 쳐다보더니 말했다.

"놀라지 마라. 내가 여기를 지나가다가 뱀장어가 낚싯바늘에 걸려 발버둥치는 것을 보았단다. 그걸 보기가 아주 고통스러워서 놓아주었단다. 그 후에 내가 한 짓이 낚시꾼에게 손해를 가져다 줄 것 같아서 내 반지로 보상을 한 거야. 그 반지는 내게 단 하나 남은 값나가는 물건이야."

나는 놀라서 입을 벌린 채 서 있었고 메다르도는 계속 말했다.

"그때까지 낚시꾼이 너라는 것을 몰랐어. 잠시 후에 풀밭에서 잠자는 너를 발견한 거란다. 너를 만나 기뻐하다가 금방 독거미가 네 목 위로 기어가는 걸 본 거야. 그다음부터는 너도 아는 이야기고."

말을 하는 동안 자작은 보랏빛으로 부풀어 오른 손을 슬프게 바라보았다.

잔인한 속임수가 숨어 있을 수도 있었다. 하지만 나는 그의 감정들이 갑자기 뒤바뀌었다면 얼마나 멋질까 하고 생각했다. 세바스티아나와 파멜라, 그리고 잔인한 자작 때문에 고통 받는 사람들에게 그 뒤바뀐 감정이 전해지면 얼마나 기쁠까.

"외삼촌, 여기서 기다리세요. 유모 세바스티아나에게 달려갔다 올게요. 유모는 약초란 약초는 다 알거든요. 독거미에 물린 상처를 치료하는 약초를 얻을 수 있을 거예요."

"유모 세바스티아나…… 어떻게 지내고 있니?"

외삼촌이 가슴에 손을 얹으며 말했다.

그에게 세바스티아나는 문둥병에 걸리지 않았다고 말했지만 그는 믿지 않았다.

나는 이런 말밖에 할 수 없었다.

"예, 그렇게 됐어요. 갔다 올게요."

나는 이런 이상한 현상을 세바스티아나는 어떻게 생각하는지 물어볼 욕심에 가득 차서 달려갔다.

세바스티아나는 그녀의 오두막에 있었다. 나는 급하게 뛰어온 데다가 성급한 마음까지 겹쳐 숨을 헐떡거렸다. 그래서 다소 혼란스럽게 그녀에게 이야기를 했지만 유모는 메다르도가 독거미에 물렸다는 사실보다 그의 착한 행동에 더 관심을 보였다.

"붉은 거미라고 말했니? 그래, 그래, 네가 원하는 약초가 뭔지 안단다. 한번은 나무꾼이 독거미에 물려 팔이 부었지…… 그런데 너 자작이 착해졌다고 말했니? 무슨 소리야, 자작은 언제나 그렇게 착한 소년이었단다. 자작도 그런 사실을 알아야 해……. 그런데 약초를 어디다 두었지? 찜질만 하면 될 거야. 메다르도는 어릴 때부터 개구쟁이였어. 여기 약초가 있구나. 항상 그랬지. 아플 때면 항상 울면서 나에게 왔단다. 그런데 물린 상처가 깊니?"

"왼쪽 손이 이렇게 부풀어 올랐어요."

"호호호, 얘야, 왼쪽이라고? 메다르도 나리에게 왼쪽이 어디 있니? 왼쪽은 저기 투르크인들이 있는 보헤미아에 남겨 뒀지. 악마들이 그걸 가져갔어. 자작의 왼쪽 절반은 모두 거기 있단다."

유모가 웃으면서 말했다.

"어, 아무튼. 그런데…… 자작이 저쪽에 있었고 내가 여기 있었는데 그가 이렇게 손을 돌렸어요. 어떻게 그럴 수 있겠어요?"

"너 아직도 왼쪽 오른쪽 구별을 잘 못 하는 것 아니냐? 다섯

살 때부터 그걸 가르쳐 줬는데."

나도 더 이상 어떻게 된 건지 알 수가 없었다. 확실히 세바스티아나 말이 맞았다. 그러나 나는 완전히 반대로 기억했다.

"자, 얘야. 이 풀을 가져가거라."

유모가 말했고 나는 달려갔다.

숨을 헐떡이며 냇가에 도착했지만 외삼촌은 없었다. 나는 여기저기를 살펴보았다. 그는 독 때문에 부어오른 손을 치료하지도 않고 사라져 버린 것이다.

저녁이 되었고 난 올리브나무 사이를 돌아다녔다. 그러다가 바닷가에서 검은 망토에 휘감긴 외삼촌이 나무에 기대 서 있는 것을 보았다. 외삼촌은 어깨를 내 쪽으로 돌리고 바다를 바라보고 있었다. 나는 두려움이 다시 엄습함을 느꼈다. 그래서 가느다란 소리로 겨우 말했다.

"외삼촌, 여기 독에 물린 상처를 치료할 약초가 있어요."

그러자 그는 곧바로 반쪽짜리 얼굴을 돌렸는데 사납게 얼굴을 찡그려서 표정이 일그러졌다.

"무슨 풀? 무슨 상처?"

그가 소리쳤다.

"손 다친 데를 치료할 약촌데요……"

이전의 부드러운 말씨는 사라져 버렸다. 그건 일시적인 것이었다. 그는 천천히 부자연스러운 미소를 지었지만 그게 억지로 꾸민, 거짓이라는 것을 금방 알아차릴 수 있었다.

"그래, 착하구나. 이 구멍 속에 놓아 두어라……. 조금 있다가 내가 가져가마……."

나는 그 말을 따랐고 구멍 속에 손을 밀어 넣었다. 거기엔 벌

집이 있었다. 벌들이 나를 향해 달려들었다. 나는 달아났지만 벌 떼들이 내 뒤를 쫓아왔기 때문에 물속으로 뛰어들었다. 물 속에서 헤엄을 치자 벌 떼들은 흩어졌다. 머리를 들었을 때 멀리 사라져 가는 자작의 어두운 웃음소리가 들렸다.

다시 한 번 그는 우리들을 속이는 데 성공한 것이다. 그러나 이해할 수 없는 일들이 너무 많았다. 그래서 나는 그런 이야기를 하기 위해 트렐로니를 찾아갔다. 트렐로니는 무덤 파는 사람의 오두막에 있었다. 그는 작은 등불 아래에서, 그로서는 보기 드물게 인간 해부학 책을 읽고 있었다.

"트렐로니, 붉은 거미에 물린 사람도 살아날 수 있어요?"

"붉은 거미라고 했니? 누가 또 붉은 거미에 물렸니?"

트렐로니가 벌떡 일어났다.

"우리 외삼촌이에요. 그래서 내가 외삼촌에게 유모가 준 약초를 가져다 주었거든요. 외삼촌은 착한 사람이 된 것 같았는데 다시 사악해졌어요. 내 치료를 거절했거든요."

"내가 붉은 거미에 물린 자작의 손을 치료해 주었단다."

"그럼 제게 말해 주세요. 선생님이 보기에는 자작이 선한 것 같아요, 악한 것 같아요?"

트렐로니는 내게 일이 어떻게 된 건지 이야기해 주었다.

손이 부풀어 올라 풀밭 위에 누워 있는 자작을 놔두고 내가 떠난 다음 트렐로니가 그곳을 지났다. 그는 자작을 알아보고 언제나처럼 두려움에 사로잡혔다. 그래서 나무 사이에 숨으려고 했다. 그러나 메다르도가 그의 발소리를 들었고 몸을 일으켜 소리쳤다.

"이봐요, 거기 누구요?"

트렐로니는 생각했다.

"만약 내가 숨어 있던 게 발각되면 나를 어떻게 할지 몰라!"

그래서 몰래 달아나 버렸다. 그러나 발끝에 뭐가 걸려 강물 속에 빠지고 말았다. 배 위에서 생활했지만 트렐로니는 수영을 할 줄 몰랐다. 그가 물속에서 허우적거리며 도와 달라고 소리를 지르자 자작이 소리쳤다.

"잠깐 기다려요."

그는 강둑으로 와서 아픈 손으로 불쑥 튀어나온 나무둥치를 잡더니 거기에 매달려 강물로 내려왔다. 그리고 트렐로니가 자기 다리를 잡을 수 있도록 몸을 길게 폈다. 그 몸이 어떻게나 길고 여위었던지 마치 밧줄처럼 트렐로니를 강둑으로 끌어올릴 수 있었다. 트렐로니는 그렇게 구출되었고 또 더듬거렸다.

"오, 오, 나리. 정말 감사합니다. 나리…… 어떻게 해야 할 지……."

그러고는 자작의 얼굴에 대고 재채기를 했다. 감기에 걸린 것이다.

"다행이에요. 이걸로 몸을 덮어요, 자."

자작이 트렐로니의 어깨에 자기 망토를 덮어 주었다.

트렐로니는 아주 당황하여 그것을 받았다. 그러자 자작이 그에게 말했다.

"입어요. 당신 거예요."

그때 트렐로니는 메다르도의 부푼 손을 발견했다.

"무슨 동물에게 물리셨나요?"

"붉은 거미요."

"손을 치료해야 합니다, 나리."

그래서 그를 자기가 사는 묘지기 오두막으로 데려왔고 그곳에서 약과 붕대로 손을 치료했다. 그러는 동안 자작은 그와 함께 인정이 넘치는 친절한 이야기들을 나누었다. 그리고 그들은 곧 다시 만나서 우정을 돈독히 하자는 약속을 남기고 헤어졌다.

트렐로니의 이야기를 다 듣고 나서 내가 말했다.

"선생님이 치료해 준 자작은 금방 다시 잔인한 광기에 사로잡혔어요. 외삼촌 때문에 벌 떼에게 쫓겼어요."

"그는 내가 치료한 사람이 아니란다."

트렐로니가 이렇게 말하더니 눈을 찡긋했다.

"무슨 말씀이에요?"

"곧 알게 돼. 그 누구에게도 이야기해선 안 된다. 연구를 할 수 있도록 나를 좀 내버려둬 다오. 싸움이 벌어질 날을 준비해야 한단다."

그러고는 트렐로니는 내게 더 이상 신경을 쓰지 않았다. 그는 인간 해부학 논문을 읽는 데 다시 몰두했다. 그는 머릿속으로 자기 나름대로 계획을 세웠고 그 후에도 말없이 연구에 열중했다.

그러나 여러 곳으로부터 메다르도의 이중 성격에 관한 소식들이 들려오기 시작했다. 숲에서 길을 잃은 소년들은 지팡이를 짚은 사람의 집에 도착했을 때 몹시 겁이 나서 떨었다. 그러나 그 사람은 아이들의 손을 잡고 집으로 데리고 가서 무화과 꽃과 도넛을 선물로 주었다. 불쌍한 과부들은 나뭇단을 옮길 때 그 사람의 도움을 받았다. 벌에게 물린 개들의 상처가 치료되었고, 가난한 사람들의 창턱이나 문지방에는 출처를 알 수 없는 선물들이 놓였다. 바람에 뿌리가 뽑힌 과일나무들은, 그 나무의 주인이 문 밖으로 얼굴을 내밀기도 전에 흙으로 뿌리가 다져져 똑

바로 서 있었다.

그러나 그와 동시에 검은 망토에 휘감긴 자작의 반쪽짜리 모습은 음산한 사건들을 의미했다. 유괴당한 어린이들은 얼마 후 동굴 속에서 발견되었는데 그 동굴 입구는 돌로 막혀 있었다. 또 나무뿌리와 돌 들이 노인들의 머리 위에서 무너지는 산사태가 일어났다. 갓 익기 시작한 호박들은 오로지 자작의 심술궂은 마음 때문에 반쪽으로 잘렸다.

얼마 전부터 자작은 새총으로 제비들만 겨누었는데, 그는 제비들을 죽이는 것이 아니라 상처만 내어 병신으로 만드는 일을 즐겼다. 그러나 이제 붕대 감은 다리를 작은 부목으로 받친 제비들이 하늘에서 날아다니기 시작했다. 그렇게 치료를 받은 제비한 떼가 모두 함께 조심스레 날았다. 그 제비들은 마치 제비 병원에서 치료받은 회복기 환자들 같았고 그럴듯하게 말하자면 메다르도가 바로 제비들의 의사였다.

한번은 파멜라가 염소와 오리를 데리고 마을에서 멀리 떨어져 경작되지 않은 땅에 갔을 때 폭풍우를 만났다. 파멜라는 그 근처에 있는 작은 동굴을 하나 알고 있었다. 그 동굴은 너무나 작아 바위가 그냥 움푹 들어간 것 같았다. 그래서 파멜라는 곧바로 그리로 달려갔다. 다 낡고 여기저기를 기운 장화 하나가 동굴 입구 쪽에 놓여 있었다. 그 안에는 검은 망토에 휘감긴 반쪽짜리 몸이 웅크리고 있었다. 그녀는 달아났다. 그러나 그녀를 본 자작은 억수 같은 비를 맞으며 동굴 밖으로 나와서 그녀에게 말했다.

"여기서 비를 피하도록 하지, 자."

"거기로 들어가지 않을래요. 그곳은 한 사람만으로 충분하니까요. 게다가 당신은 저를 으스러뜨리고 싶어 하잖아요."

"두려워하지 마. 난 여기, 밖에 있을 거야. 넌 네 염소와 오리
와 함께 그 안에 편안히 있으면 돼."

"염소와 오리는 비를 맞아도 돼요."

"그것들도 비를 안 맞게 할 수 있어."

자작이 지나친 선행을 베푼다는 이야기를 들었던 파멜라는
'일단 두고 보자.'라고 속으로 중얼거렸다. 그리고 가축 두 마리
로 굴 입구를 막고 그 안에 쪼그리고 앉았다. 자작은 굴 앞에서
염소와 오리가 조금이라도 비에 젖을까 봐 자기 망토를 천막처
럼 벌리고 서 있었다. 파멜라는 망토를 잡은 그의 손을 바라보았
다. 그녀는 잠시동안 생각에 잠겼다가 다시 자기 손을 바라보았
다. 그녀는 서로를 대조해 보고 나서 크게 웃음을 터뜨렸다.

"네가 기뻐하는 걸 보니 만족스러워, 파멜라. 그런데 왜 웃었
는지 이야기해 줄 수 있겠어?"

"무엇 때문에 우리 마을 사람들이 그렇게 정신없어 하는지
이제 알았기 때문이에요."

"뭔데?"

"당신이 조금은 착하고 조금은 사악하다는 거지요. 이제는
모든 것이 자연스러워요."

"그런데 왜 그런 건데?"

"왜냐하면 당신에게는 다른 반쪽이 있다는 사실을 알게 되었
어요. 성에서 사는 자작, 즉 사악한 자작은 반쪽짜리예요. 그리
고 당신은 그 나머지 반쪽이에요. 사람들은 전쟁터에서 그게 없
어져 버렸다고 믿었지요. 그런데 이제는 그 반쪽이 돌아온 거예
요. 바로 착한 반쪽이에요!"

"아주 친절하군, 고마워."

"아, 정말 그래요. 칭찬을 하려는 것이 아니에요."

그날 밤 파멜라가 알게 되었듯이 메다르도의 사연은 이렇게 된 것이다. 사실은 포격으로 그의 몸 구석구석이 모두 가루가 된 것은 아니었다. 그는 두 쪽으로 나뉘어 버린 것이다. 그 한쪽 은 부상자들을 모으러 다니는 군대 사람들이 발견했고 다른 반 쪽은 산처럼 쌓인 기독교도들과 투르크인들의 시체 밑에 깔려 서 눈에 띄지 않았다. 한밤중에 두 수행자가 들녘을 지나가고 있었다. 그들이 올바른 종교를 믿는 신자들인지 마법사들인지 는 알 수 없었다. 전쟁 때에는 종종 양 진영 사이의 한적한 곳에 은둔해 사는 사람들이 있었는데 그 두 수행자도 바로 그런 사람 들이었다. 아마도 그들은 기독교의 삼위일체와 무함마드의 알라 를 동시에 포용하고자 했는지도 모른다. 그들 특유의 이상한 자 비심을 지닌 두 수행자들은 반쪽 메다르도를 발견하고 자신들 의 동굴로 데려갔다. 그들은 자신들이 준비한 향료와 연고로 메 다르도를 치료하여 그의 목숨을 구했다. 건강을 되찾자마자 메 다르도는 자기 목숨을 구해 준 사람들에게 작별 인사를 하고 지 팡이를 짚고 절룩거리면서 몇 년 동안 수많은 기독교 국가들을 거쳐 자기 성으로 돌아온 것이다. 그 여행 중 그는 선한 행동으 로 많은 사람들을 놀라게 했다.

파멜라에게 자신의 이야기를 해 주고 나서 착한 반쪽짜리 자 작은 양치기 소녀에게 그녀의 이야기를 들려 달라고 했다. 파멜 라는 악한 메다르도가 어떻게 그녀에게 덫을 놓았는지, 왜 집에 서 도망 나와 숲을 방황하는지 설명했다. 파멜라의 이야기에 착 한 메다르도는 감동했다. 그는 고통 받는 착한 양치기 소녀와 어떤 말로도 위로될 수 없는 슬픔을 만들어 내는 사악한 메다르도 그리고 불쌍하고 고독한 파멜라의 양친을 동정했다.

"그 후 우리 부모님들은 산적 같은 노인들이 되었어요. 그들을 불쌍히 여길 필요는 없어요."

"아, 부모님들을 생각해야 해, 파멜라. 부모님들이 지금 돌봐 줄 사람도 없고 들이나 마구간에서 일할 사람도 없이 낡은 집에서 얼마나 슬퍼하실까 생각해 봐."

"마구간이 부모님 머리 위에서 부서져 버렸으면 좋겠네요. 당신은 너무 허약한 것 같군요. 그리고 온갖 나쁜 짓이란 짓은 다 저지르는 당신의 사악한 반쪽에 대해 분노하기는커녕 오히려 그를 동정하는 것 같아 보이는데요."

"어떻게 그렇지 않을 수 있겠어? 인간이 반쪽이 된다는 일이 무엇을 의미하는지 나는 알거든. 그를 동정하지 않을 수 없어."

"그러나 당신은 달라요. 당신도 약간 균형을 잃었지만 당신은 선한걸요."

그러자 착한 메다르도가 말했다.

"아, 파멜라. 이건 반쪽짜리 인간의 선이야. 세상 모든 사람들과 사물을 이해하기란 어려운 일이야. 사람이든 사물이든 각각 그들 나름대로 불완전하기 때문이지. 내가 성한 사람이었을 때 난 그것을 이해하지 못했기 때문에 귀머거리처럼 움직였고 도처에 흩어진 고통과 상처 들을 느낄 수 없었어. 성한 사람들이 믿을 수 없는 일들이 도처에 있지. 반쪼가리가 되었거나 뿌리가 뽑힌 존재는 나만이 아니야, 파멜라. 모든 사람들이 악으로 고통받는 걸 알게 될 거야. 그리고 그들을 치료하면서 너 자신도 치료할 수 있을 거야."

"아주 훌륭해요. 하지만 난 더 큰 불행에 빠진걸요. 또 다른 자작이 날 사랑해서 날 어떻게 할지 모르기 때문이에요."

폭풍우가 지나갔기 때문에 외삼촌은 망토를 집어던졌다.

"나 역시 너를 사랑해, 파멜라."

파멜라는 동굴에서 뛰쳐나왔다.

"멋져요. 하늘에 무지개가 떴어요. 그리고 나는 새로운 사랑을 찾았고요. 이번에도 역시 반쪽짜리지만 당신의 영혼은 선해요."

그들은 진창이 된 오솔길을 따라 아직도 물방울이 떨어지는 나무 밑을 걸었다. 자작의 반쪽짜리 입은 부드럽게 구부러져 불완전한 미소를 만들어 냈다.

"그러면 이젠 어떻게 하지요?"

"난 불쌍한 네 부모님들에게 가서 집안 일을 조금 도와드리고 싶어."

"원하신다면 가세요."

"난 그러고 싶어, 파멜라."

"나는 여기 있겠어요."

파멜라는 염소와 오리를 데리고 그 자리에 섰다.

"착한 일을 하는 것만이 우리가 서로 사랑할 수 있는 유일한 방법이야."

"안타까워요. 난 다른 방법이 있을 거라고 믿었어요."

"안녕, 파멜라. 사과 파이를 가져다 줄게."

그러고는 착한 메다르도는 지팡이를 짚고 절룩거리면서 오솔길을 따라 멀어져 갔다.

동물들과 남은 파멜라가 말했다.

"말 좀 해 봐, 염소야."

"말 좀 해 봐, 오리야. 왜 이런 일들이 나에게 일어나야 하는
걸까."

# 8

처음 사악한 반쪽이 돌아왔을 때처럼 착한 반쪽짜리 자작이 돌아왔다는 사실이 모두에게 알려진 후부터 테랄바의 생활은 아주 달라졌다.

아침마다 나는 동물들을 치료하러 마을을 돌아다니는 트렐로니를 따라다녔다. 트렐로니는 차츰차츰 자기 의술을 실제로 사용했고, 우리 고장 사람들이 얼마나 많은 질병으로 고통을 받는지 느끼기 시작했다. 오랫동안 계속되어 온 가난 때문에 그들은 많이 쇠약했다. 그들은 지금까지 단 한 번도 치료를 받아 본 적이 없었다.

우리는 시골 길을 따라 걷다가 외삼촌이 지나간 흔적을 발견했다. 나는 우리의 착한 외삼촌이 매일 아침마다 환자들뿐만 아니라 가난한 사람들, 나이 든 사람들 그리고 도움을 필요로 하는 사람이면 누구나 방문한다는 것을 알았다.

바치치아네 채소밭에는 석류나무가 한 그루 있었는데 잘 익은 석류나무 열매 모두가 손수건으로 묶여 있었다. 우리는 바치치아가 치통을 앓는다는 것을 알게 되었다. 주인이 아파서 그 열매들을 따러 나올 수 없는 이때, 그 열매들이 쪼개지거나 껍질이 벗지 않게끔 우리 외삼촌이 석류 열매를 묶어 주었다. 이것은 또한 트렐로니가 펜치를 가지고 환자를 방문해야 한다는 신호이기도 했다.

수도원장인 체코 신부는 테라스에다 해바라기를 키웠는데 제대로 크지 않아 한 번도 꽃이 핀 적이 없었다. 그날 아침 테라스 난간에 닭이 세 마리 묶여 있었다. 그 닭들은 격렬하게 모이들을 쪼아 먹고 해바라기 화분에 하얀 똥들을 눴다. 수도원장이 관장을 해야 한다는 의미였다. 외삼촌은 해바라기에 거름을 주는 동시에 트렐로니에게 이 위급한 상황을 알리고자 한 것이었다.

지로미나 노파 집 앞에서 우리는 구워 먹을 수 있는 달팽이들이 한 줄로 계단을 향해 올라가는 것을 발견했다. 달팽이는 자작이 숲에서 지로미나 노파에게 가져다 준 선물일 뿐만 아니라 불쌍한 노파의 심장병이 더 악화되었으므로 그녀를 놀라게 하지 않으려면 트렐로니가 천천히 그녀의 집에 들어가야 한다는 신호였다.

이런 모든 전달 신호들은 아주 급하게 의사의 진료를 요구하는 환자들을 놀라게 하지 않음과 동시에, 그 환자들의 집에 들어가기 전에 트렐로니가 미리 환자를 어떻게 치료해야 할까를 생각하게 만들어, 집 안에서 무슨 일이 벌어졌는지도 모르는 채 의사가 환자를 방문하는 일을 막으려고 우리 외삼촌이 사용하는 것이었다.

계곡에서 갑자기 놀란 목소리가 들려왔다.

"나쁜 자작이다. 나쁜 자작!"

외삼촌의 사악한 반쪽이 그 부근에서 말을 탄 모습을 드러냈다. 그러면 사람들은 모두 몸을 숨기기 위해 달아나 버렸다. 그리고 다른 누구보다도 먼저 트렐로니가 나와 함께 재빨리 집 뒤로 숨어 버렸다.

우리는 다시 지로미나 노파의 집 앞을 지나갔다. 계단 위에는 으스러져 버린 달팽이가 한 줄 놓여 있었다. 모두 껍질이 부서져 속에 있던 것들이 밖으로 나와 버렸다.

"벌써 이곳을 지나갔어! 맙소사!"

수도원장인 체코 신부의 테라스에 있던 닭들은 모두 격자망 위에 묶여 있었다. 그 망 위에다가 토마토를 말리고 있었는데 하느님의 선물인 그 모든 것이 엉망으로 더러워졌다.

"맙소사!"

바치치아 밭에 있던 석류 열매는 모두 땅에 떨어져 깨졌고 가지에는 텅 빈 손수건만 매달려 있었다.

"맙소사!"

그런 자비와 공포 속에서 우리 삶은 흘러갔다. 이미 사람들은 착한 반쪽을 — 외삼촌의 왼쪽을 그렇게 불렀고 그와 반대로 다른 쪽은 악한 반쪽이라 불렀다. — 성인이라고 생각했다. 가난한 사람들, 부정한 여인들 그리고 고통을 느끼는 모든 이들은 그에게로 달려갔다. 착한 반쪽은 그런 기회를 이용해 진짜 자작이 될 수도 있었다. 하지만 그는 떠돌이 생활을 계속했고 다 떨어진 검은 망토로 반쪽을 휘감은 채 여기저기 기운, 흰 줄과 남색 줄무늬 양말을 신고 돌아다녔다. 그는 자신에게 도움을 청하는 사람뿐만 아니라 무례하게 그를 내쫓는 사람에게도 선을 베풀었다. 절벽에서 다리를 다쳐 아파하던 양도 없어졌고, 선술집에서 칼을 꺼내던 주정꾼도 없었으며, 한밤중에 정부에게로 달려가서 간통하던 새댁도 없어졌다. 사람들은 부드러운 미소를 지으며 어려울 때 도움을 주고 좋은 충고로 폭력과 범죄를 막는 자작을 어두컴컴하고 마른 하늘에서 쏟아지는 소나기 보듯 바라보았다.

파멜라는 계속 숲에서 살았다. 그녀는 소나무 두 그루 사이에다 그네를 매달았다. 그리고 염소가 탈 수 있는 조금 단단한 그네와 오리가 탈 수 있는 조금 가벼운 그네를 매달았다. 파멜라는 자기 동물들과 그네를 타면서 시간을 보냈다. 그러나 어느 순간에 이르면 착한 반쪽이 절룩거리며 소나무 숲 속을 걸어왔다. 그는 어깨에 보따리를 메고 있었다. 세탁을 하고 꿰맬 물건들이 었는데 자작이 세상 거지, 고아 그리고 외로운 병자에게서 받아온 것이었다. 그는 파멜라에게도 선한 일을 할 수 있는 기회를 주려고 그녀에게 그 빨래를 하게 했다. 숲 속 생활이 몹시 따분했던 파멜라는 냇가에 가서 빨래를 했고 자작은 그런 그녀를 도와주었다. 그러고 나서 그녀는 그 세탁물을 그넷줄 위에다 펴 널어서 말렸다. 그러는 동안 착한 반쪽은 돌 위에 앉아서 『해방된 예루살렘』*을 읽어 주었다.

파멜라는 착한 반쪽이 읽어 주는 책에 전혀 관심이 없었다. 그녀는 이를 잡거나 (숲에서 살았기 때문에 이가 조금 많았다.) 푸른 이파리로 몸을 긁으며 맨발로 돌들을 들썩거리기도 했다. 그

---

* 이탈리아 작가 타소의 작품으로 1581년에 발표.

리고 또 이제는 보기 좋게 살 찐 장밋빛 다리를 바라보며 풀 위에서 빈둥빈둥 놀았다. 착한 반쪽은 책에서 눈을 들지 않은 채 8행시들을 차례로 낭독했다. 그는 이 거친 소녀를 고상하게 만들려 했다.

그러나 착한 반쪽이 읽는 시에 귀를 기울이지 않던 파멜라는 지루해졌다. 그래서 조용조용 염소를 시켜 그의 반쪽짜리 얼굴을 핥게 했고 오리를 책 위로 올려 보냈다. 착한 반쪽은 벌떡 일어나서 책을 덮었다. 그러나 바로 그 순간 악한 반쪽이 나무 사이에서 말을 타고 갑자기 나타나서 손에 든 커다란 낫을 꽉 움켜쥐고, 착한 반쪽을 향해 달려들었다. 낫이 낡은 책을 스쳐 지나가더니 세로로 정확하게 두 쪽을 냈다. 남은 부분은 착한 반쪽의 손에 있었고 잘린 부분은 수천 조각이 되어 공중으로 날아가 버렸다. 악한 반쪽은 말을 타고 사라져 갔다. 분명 그는 착한 반쪽의 머리를 낫으로 베려 했다.

그러나 바로 그 순간 정확하게 염소와 오리가 착한 반쪽에게 다가간 것이다. 하얀 여백이 있는 타소의 책 조각과 반쪽짜리 시구들은 바람에 날려 소나무 가지며 풀 위, 강물 위에 내려앉았다. 언덕 끝에서 파멜라는 하얗게 날아가는 그 종이들을 보았다.

"와, 멋져!"

종잇조각 몇 개는 트렐로니와 내가 지나가는 오솔길까지 날아왔다. 트렐로니는 날아가는 그 종이 중 하나를 잡았다. 그는 그것을 바로 보고 거꾸로 보고 하면서 시작도 끝도 없는 시구들을 해독해 보려고 애썼다. 그리고 머리를 흔들었다.

"전혀 알아볼 수가 없군. 츠츠츳, 츠츠츳."

착한 반쪽에 관한 소문은 위그노교도들에까지 퍼졌다. 에제키엘레 노인은 가끔 누런 계단식 포도원의 제일 높은 곳에 서서 계곡으로 어어지는, 자갈 많은 오솔길을 바라보곤 했다.

"아버지, 계곡을 바라보시는 게 마치 누가 오길 기다리시는 것 같군요."

아들이 물었다.

"기다리는 사람이 있다. 그 사람이 적절한 사람이라면 믿음을 가지고 기다리면 되고, 부당한 사람이라면 두려움을 가지고 기다리게 되겠지."

"다른 쪽 다리 절름발이를 기다리시는 건가요, 아버지?"

"그에 대해 이야기하는 걸 들어 보았니?"

"계곡에서는 왼쪽 병신에 대한 이야기뿐이에요. 그가 우리가 사는 이 높은 곳까지 올 거라고 생각하세요?"

"우리가 사는 이 땅이 선한 땅이고 그가 선하게 산다면 오지 않을 리 없다."

"지팡이를 짚고 올라오기엔 오솔길이 너무 가팔라요."

"여기로 올라올 수 있는 말을 한 마리 구했다고 들었다."

에제키엘레의 이야기를 들으면서 다른 위그노들은 밭고랑에서 나와 주변에 모여 앉았다. 자작에 대한 이야기가 넌지시 비치자 그들은 두려워했다.

"우리들의 아버지이신 에제키엘레여! 그날 밤 그 홀쭉이가 오고 벼락이 떡갈나무 반쪽을 태웠을 때, 아버지께서 아마도 어느 날엔가는 좀 더 나은 길손이 우리를 방문할 거라고 말씀하셨지요."

그들이 말했다.

에제키엘레는 수염이 가슴에 닿을 정도로 고개를 숙여 동의를 표했다.

"아버지, 지금 사람들이 이야기하는 사람도 똑같은 절름발이인데, 육체로 보든 영혼으로 보든 처음 사람과 정반대입니다. 다른 이가 몹시 잔인한 데 비해 이 사람은 아주 자비롭습니다. 아버지가 예언하신 방문객은 누구인가요?"

"길을 가는 길손 모두일 수도 있다. 그래서 그 사람일 수도 있는 거지."

"그러면 저희들 모두 그가 누구일까 기대해 보겠습니다."

위그노들이 말했다.

에제키엘레 부인이 포도 덩굴이 담긴 손수레를 밀면서 앞으로 다가왔다. 그녀는 바로 자기 앞만을 뚫어지게 바라보았다.

"우리는 항상 선한 것을 기대하지. 하지만 영혼이 착하든 악하든 간에, 우리를 찾아 이 언덕을 올라오는 사람이 전쟁에서 부상당한 불쌍한 사람 외에는 아무도 없다 해도 우리는 매일 우리 도리에 따라 행동하고 우리 밭을 경작하면 되는 거야."

"우리도 알아요. 우리는 반대쪽 사람이 무엇을 의미할지 이야기한 거였어요."

위그노들이 대답했다.

"좋아. 이제 모두 동의했다면 모두들 다시 괭이와 쇠스랑을 잡을 수 있겠구나."

부인이 말했다.

"페스트와 기근! 누가 괭이질을 중단했다는 거야!"

에제키엘레가 갑자기 고함을 질렀다.

위그노들은 밭고랑에 버려두었던 연장을 잡으려고 흩어졌다.

그러나 이때 아버지가 신경 쓰지 않는 틈을 타서 과일을 따먹으려고 무화과나무 위로 오르던 에사우가 소리쳤다.

"저 아래를 봐요! 노새를 타고 누가 오는지 알아요?"

정말로 노새의 짐 싣는 안장에 묶인 반쪽 사람이 비탈길을 올라오고 있었다. 그 사람은 착한 반쪽이었는데, 사람들이 강에서 막 그 노새에게 물을 먹여 죽이려 할 때 그 허물 벗은 늙은 노새를 샀다. 노새는 너무 기운이 없어 도살장에서조차 전혀 쓸모가 없었다.

"내 몸무게는 다른 사람 반밖에 나가지 않아요. 이 늙은 노새라도 내 무게 정도는 지탱할 수 있을 거예요. 그러면 나도 내 말을 타고 좋은 일을 하러 멀리까지 갈 수 있을 겁니다."

그렇게 자작은 첫 여행으로 위그노를 찾아오는 중이었다.

위그노들은 찬송가를 부르면서 움직이지 않고 줄을 서서 그를 맞았다. 그리고 노인이 그에게 다가가 형제로서 인사했다. 착한 반쪽은 노새에서 내려 그 인사에 격식을 갖춰 답했다. 그리고 딱딱하고 다소 무뚝뚝한 에제키엘레 부인의 손에 입을 맞추었다. 모두와 인사를 나누었고 손을 뻗어, 뒤쪽으로 물러나 있던 에사우의 단단한 머리를 쓰다듬었다. 그는 각자가 지닌 고충을 관심 있게 헤아렸으며 그들이 당한 박해 이야기들을 들을 때 감동하며 탄식했다. 물론 종교 분쟁에 대해서도 이야기했는데, 그들은 별다른 주장을 내세우지 않고 종교 분쟁을 일반적으로 인간들이 사악해져서 생긴 불행한 사태로 간주했다. 착한 반쪽은 자신이 속한 교회에서 비롯된 종교 박해에 대해 간단하게 언급하고 말았다. 그리고 위그노들은 신학적으로 그릇된 것을 말할지도 모른다는 두려움 때문에, 신앙에 대해 단정적인 말을 감히 하려고 하지 않았다. 그렇게 해서 그들은 폭력과 난폭함을 모두 비난하면서 다소 모호하고 관대하게 토론을 끝냈다. 모두 의견 일치를 보았지만 다들 다소 냉담했다.

그리고 착한 반쪽은 들판을 둘러보러 갔다. 그는 수확량이 적은 것을 걱정스러워했는데 그나마 호밀이 풍작이라서 그 걱정을 덜었다.

"이것들을 얼마에 팔지요?"

"파운드에 3스쿠디에 팝니다."

에제키엘레가 말했다.

"파운드에 3스쿠디라고요! 친구들, 테랄바의 가난한 이들은 굶어 죽어 가요. 그런데 그들은 호밀 한 줌도 살 수가 없답니다. 아마도 당신들은 계곡에 싸락눈이 내려 호밀 농사가 엉망이 되었다는 사실을 모르시나 보군요. 기아에서 그들을 구할 수 있는 사람들은 당신들밖에 없는 것 같군요."

"우리도 그 사실을 압니다. 바로 그 때문에 호밀을 좋은 가격으로 팔 수 있는 거지요."

"그렇지만 그 불쌍한 사람들을 위해 자비를 베풀 생각을 하셔야 합니다. 만약 당신들이 호밀 가격을 낮추신다면……. 당신들이 하실 수 있는 선행을 생각하셔야지요."

에제키엘레 노인은 손을 모으고 착한 반쪽 앞에 멈춰 섰다. 그리고 다른 위그노들도 그걸 흉내 냈다.

"자비를 베푼다는 것은, 형제, 값을 예전과 똑같이 받는 것이 아닙니다."

착한 반쪽은 밭으로 갔다.

그리고 해골처럼 마른 늙은 위그노들이 태양 아래에서 괭이질하는 것을 보았다.

"당신 안색이 아주 안 좋군요. 혹시 몸이 불편한 건 아닌가요?"

그가 위쪽에서 땅을 파는 수염 긴 노인에게 말했다.

"순무 죽으로 배를 채우고 하루 열 시간씩 칠십 년 동안 일한 사람이면 다 이렇지요."

"나의 사촌 아다모입니다. 훌륭한 일꾼이지요."

에제키엘레가 말했다.

"하지만 당신들처럼 나이 든 분들은 휴식을 취하고 영양분을 섭취해야 해요."

착한 반쪽이 말하는 중이었지만 에제키엘레가 그를 세게 잡아당겼다.

처음에 노새에서 내리자마자 착한 반쪽은 자기가 직접 노새를 묶어 놓겠다고 했다. 그리고 비탈길을 오르내리는 데 원기를 낼 수 있도록 노새에게 여물을 좀 달라고 부탁했더랬다. 에제키엘레와 그 부인은 서로 마주보았다. 그들 생각에 노새는 양상추 한 줌이면 그만이기 때문이었다. 그러나 처음에 그들은 손님을 접대하는 일에 열심이었기 때문에 여물을 가져다 주었다. 그렇지만 지금 에제키엘레 노인은 이 뼈대만 남은 노새에게 그들이 가진 여물을 단 한 줌도 먹일 수가 없었다. 그래서 손님 몰래 에사우를 불러 그에게 말했다.

"에사우, 조심조심 노새에게 가서 여물을 빼앗고 다른 걸 주어라."

"기침에 달여 마시는 약풀을 줄까요?"

"옥수숫대든 콩 껍질이든 네 마음대로 해라."

에사우는 노새에게 가서 여물통을 빼앗고 노새를 발로 차서 노새는 조금씩 절뚝거리며 걸어야만 했다. 그는 여물을 원래 있던 데로 갖다 놓으려고 나머지를 숨겨 버렸다. 그들은 여물을 자기들 가격대로 팔 생각이었다. 그리고 착한 반쪽에게는 노새가 벌써 여물을 다 먹어 버렸다고 말했다.

해가 지고 있었다. 착한 반쪽은 위그노들과 밭 한가운데에 함께 서 있었지만 서로 무슨 말을 해야 할지 몰랐다.

"우리에겐 아직도 해야 할 일들이 많이 남았답니다."

에제키엘레 부인이 말했다.

"그러면 제가 더 이상 폐를 끼쳐서는 안 되겠군요."

"행운을 빕니다, 손님."

그리고 착한 메다르도는 노새 위에 올라탔다.

"불쌍한 부상자 같으니. 이 지역에는 저런 사람들이 얼마나 많은지! 불쌍해라!"

그가 떠나자 부인이 말했다.

"불쌍한 사람들 같으니!"

전 가족이 그녀의 말에 동의했다.

"페스트와 기근!"

농사일을 잘되게 하고 가뭄 피해와 싸우기 위해 늙은 에제키엘레가 밭을 돌면서 소리질렀다.

# 9

나는 아침에 가끔씩 피에트로키오도의 가게에 가곤 했다. 그 재능 있는 장인이 만드는 기계들을 구경하기 위해서였다. 그 목수는 착한 반쪽이 한밤중에 그를 찾아왔을 때부터 고민과 자책 감 속에 지냈다. 착한 반쪽은 그가 만든 기계들이 초래한 비극적 결과를 상기시키면서 사람들에게 고통을 주는 게 아니라 선의를 베풀기 위해 사용할 기계를 만들어야 한다고 부추겼다.

"그러면 제가 어떤 기계를 만들어야 하나요, 메다르도 나리?"

"지금 내가 설명을 하지요. 견본을 만들 수 있을 겁니다."

그리고 착한 반쪽은 다른 반쪽 대신 자신이 자작이 되었다면 목수에게 주문했을 도면을 그에게 그려 보였다. 그는 복잡한 도면을 그리면서 설명을 곁들였다.

피에트로키오도는 처음엔 그 기계를 건반을 움직여 부드러운 음악을 만들어 내는 오르간으로 생각했다. 그래서 그는 실제로 오르간 파이프에 적당한 나무를 찾을 준비를 했다. 그러나 착한 반쪽과 이야기를 나누면서 그의 머리는 아주 복잡해졌다. 착한 반쪽은 공기를 이용해서 파이프를 움직이는 것이 아니라 밀가루를 이용해서 움직일 생각을 했다. 결국 오르간으로 생각할 수도 있지만 가난한 사람들을 위해 밀가루를 빻는 물방아도 되고 또 빵을 구울 수 있는 오븐으로도 사용할 수 있을 것 같았다. 착한 반쪽은 매일 자기가 생각한 도면을 완성해 나갔고 설계도에 종이를 덕지덕지 붙였지만 피에트로키오도는 그 기계를 만들 수가 없었다. 왜냐하면 이 오르간-물방아-오븐은 나귀들에게는 일을 적게 시키면서 우물에서 물을 끌어 올려야만 했고, 여러 지역에서 사용할 수 있도록 바퀴로 이동할 수 있고, 축제일에는 정지되어 있어야 했으며 주위에는 그물을 쳐서 나비를 잡을 수 있어야 했기 때문이다.

피에트로키오도는 인간들이 정말 실용적이고 정확하게 만들어 작동할 수 있는 기계는 사형대와 고문대같이 해로운 것들뿐일지도 모른다는 의구심을 갖게 되었다. 사실 악한 반쪽이 피에트로키오도에게 새로 만들 기계에 대한 것을 보여 주기만 하면 이 장인의 머릿속에는 그 기계를 만들 수 있는 방법이 금방 떠올라서 그는 곧바로 작업에 들어갔다. 그리고 세부적인 부분들을 다시 손볼 필요 없이 완벽하게 완성된 그 도구는 기술적으로나 독창적인 면에서나 걸작이었다.

장인은 괴로웠다.

"혹시 내 영혼에 사악함이 있기 때문에 잔인한 기계밖에 만들 수 없는 게 아닐까?"

그러면서도 한편으로는 열의를 다하고 재능을 발휘해 다른 고문대들을 만들었다.

어느 날 나는 피에트로키오도가 이상한 사형대를 만드는 걸 보았다. 검은 나무 벽에 하얀 교수대를 짜 맞춘 사형대였다. 아주 하얀 밧줄이 벽에 난 두 구멍을 통해 흘러내리자마자 올가미가 되어 흔들거렸다.

"이 기계는 뭐예요?"

"반쪽을 사형하기 위한 교수대다."

"그런데 누구를 위해 만들었어요?"

"처벌을 내리고 또 처벌을 받을 단 한 사람을 위한 거란다. 반쪽짜리 머리로 바로 자기 자신에게 극형을 언도해서 다른 반쪽이 흔들거리는 끈의 고리 속으로 들어가 마지막 숨을 내쉬는 것이지. 나는 그 둘이 섞이길 원한단다."

나는 바로 악한 반쪽이 착한 반쪽에 대한 인기가 점점 높아가자 가능한 빨리 그를 죽이려 한다는 것을 알았다.

실제로 그는 수비대원들을 불러서 명령했다.

"얼마 전부터 수상한 떠돌이가 우리 지역에서 불화의 씨를 퍼뜨리면서 해를 끼치고 있다. 내일 안으로 그 사기꾼을 잡아서 사형에 처하도록 하라."

"그렇게 하겠습니다, 나리."

수비대원들이 대답하고 떠났다.

한쪽 눈밖에 없는 악한 반쪽은 수비대원들이 대답을 하면서 그들끼리 눈으로 신호를 주고받는 모습을 보지 못했다.

그 당시 성에는 비밀결사가 조직되어 있었고 그 결사에서 수비대들이 어떤 역할을 담당했다는 것을 상기할 필요가 있다. 그들은 현재의 반쪽짜리 자작을 사로잡아 감금하고 성과 작위를 다른 반쪽에게 넘겨주려 했다. 그러나 다른 반쪽은 이러한 사실을 전혀 알지 못했다. 그는 한밤중에 자기가 사는 헛간에서 잠을 자다가 자신을 에워싼 수비대원들 때문에 잠에서 깼다.

"두려워하지 마십시오. 자작이 당신을 죽이라고 우리를 보냈습니다. 그러나 우리는 그의 잔인한 폭정에 지쳐서 그를 죽이고 그 자리에 당신을 대신 앉히기로 결정했습니다."

수비대의 우두머리가 말했다.

"무슨 소리를 하는 거요? 그러면 벌써 그런 일을 벌였단 말이오? 자작을 벌써 죽여 버렸나요?"

"아닙니다. 그러나 새벽이 되면 곧바로 그렇게 할 겁니다."

"아! 하느님, 감사합니다. 안 돼요! 또다시 피를 흘리는 일이 벌어져서는 안 됩니다! 벌써 너무 많은 사람들의 피가 사방에 뿌려졌소. 범죄에서 탄생한 통치자가 선한 정치를 할 수 있을 것 같소?"

"별일 아닙니다. 그를 탑에 가두면 우리는 편하게 지낼 수 있는 거죠."

"그에게든 누구에게든 손을 대선 안 되오! 제발 부탁이오. 자작의 횡포 때문에 나 또한 괴로웠소. 그러나 그를 구제하는 방법은 바로 친절함과 자비로움으로 선한 행동을 보여 주는 길뿐이라오."

"우리는 그러면 당신을 죽여야만 합니다."

"안 되오! 아무도 죽여서는 안 된다고 말하지 않았습니까!"

"그러면 어떻게 한단 말입니까? 우리가 자작을 죽이지 않을 경우 우리는 그에게 복종해야만 합니다."

"이 약병을 가져가시오. 아마 조금은 남았을 거요. 내게 남은 마지막 약병이오. 보헤미아 수행자들이 나를 치료했던 약인데 지금까지 내게 아주 귀중한 것이었다오. 날씨가 변할 때마다 아주 고통스러웠는데 그때 내게 많은 도움이 되었지요. 그걸 자작에게 가져다 주고 이렇게 말해요. 억제해야 할 열정을 지녔다는 게 무얼 뜻하는지 아는 사람이 보내는 선물이라고요."

수비대들은 약병을 가지고 자작에게 갔고 자작은 그들을 교수형에 처해 버렸다. 그들을 구하기 위해 다른 결사가 봉기하기로 결정했다. 그러나 경험이 없는 그들의 모반 계획은 발각되어 또다시 피를 뿌리고 진압되었다. 착한 반쪽은 무덤에 꽃을 가져갔고 미망인들을 위로했다.

착한 반쪽의 선행에 감동을 받지 않은 사람은 오로지 세바스티아나뿐이었다. 그는 열심히 선을 행하러 갈 때 이따금 유모의 오두막에 들르려고 걸음을 멈추었다. 그는 항상 친절했고 주의 깊었다. 그러면 세바스티아나는 매번 그에게 잔소리를 하곤 했다. 유모는 메다르도가 두 쪽으로 갈라졌다는 사실에 그다지 신경을 쓰지 않았는데, 그것은 어머니 같은 막연한 사랑 때문인 듯하기도 했고 노파라 생각이 흐려졌기 때문인 듯하기도 했다. 다른 반쪽이 한 나쁜 짓을 이유로 이 반쪽을 꾸짖었고 다른 반쪽만이 들어야 할 충고를 이 반쪽에게 하기도 했다.

"그런데 왜 불쌍한 비진 할머니네 닭 머리를 잘라 버렸니? 그 할머니가 가진 닭이라고는 그것밖에 없는데 말이다. 너처럼 다 큰 사람이 그런 짓을 하다니⋯⋯."

"그런데 그런 이야기를 왜 내게 하는 거지요? 내가 안 그런 걸 모르세요?"

"아, 저런! 그러면 얘기를 조금 들어 보자. 그런 짓을 한 게 누구였지?"

"나예요. 하지만……."

"오호! 보렴!"

"그렇지만 여기 있는 내가 아니에요."

"이봐라, 내가 늙었다고 멍청해지기까지 한 줄 아니? 난 어떤 나쁜 짓에 관한 이야기를 들으면 금방 너희들 중 누가 그 짓을 했는지 알 수 있어. 그래서 나 혼자 말하지. 틀림없이 메다르도 가 한 짓일 거라고."

"하지만 항상 틀리잖아요!"

"내가 틀렸다고? 너희 젊은이들은 항상 우리 노인들이 틀렸 다고 말하지. 그러면 너희들은? 넌 이시도로 노인에게 네 지팡 이를 선물했지?"

"맞아요. 바로 제가 그랬어요."

"그걸 자랑하는 거냐? 그 노인은 그 지팡이로 불쌍한 자기 마누라를 때리는 데도 말이야."

"그 할아버지가 중풍 때문에 걸을 수가 없다고 말한걸요."

"그런 척한 거야. 그 때문에 바로 넌 지팡이를 선물했지. 지금 그의 부인은 등뼈가 부러졌고 넌 지팡이가 없어서 나뭇가지에 의지하고 돌아다녀. 넌 무분별한 거다. 항상 그래! 그리고 언젠 가 베르나르도의 황소에게 그라파를 먹여 취하게 만들었지?"

"그건 내가 한 짓이 아니에요."

"아, 그래. 네가 아니지? 사람들은 모두 그렇게 말한다. 그렇지 만 항상 똑같은 자작이란 말이야."

착한 반쪽이 버섯 들판을 자주 방문하는 것은 유모에 대한 자식으로서의 애정 외에도 그가 그 당시 문둥병 환자들을 구하는 데 자신을 바쳤기 때문이다. 수행자들이 그에게 행한 신비한 치료 덕분인 듯 그는 전염병에 면역력이 있었다. 그래서 마을 안을 샅샅이 돌면서 문둥이들 한 사람 한 사람이 무엇을 필요로 하는지, 사소한 것까지 다 알아내려 했다. 그리고 그들을 위해 모든 치료 방법을 다 써 보려고 잠시도 그들을 쉬게 하지 않았다. 그는 가끔씩 자신의 노새를 타고 버섯 들판과 트렐로니의 오두막 사이를 왔다 갔다 하면서 트렐로니에게 조언을 구하고 약품을 얻었다. 트렐로니는 지금도 문둥병 환자들 근처에는 가까이 갈 엄두도 못 냈지만 중재자 역할을 하는 착한 메다르도와 함께 그들에게 관심을 갖기 시작한 듯했다.

그러나 외삼촌의 목표는 조금 더 먼 곳에 있었다. 그는 문둥병 환자들의 육체뿐만 아니라 영혼까지도 치료하려고 했다. 그래서 그는 항상 문둥이들 틈에 섞여서 도덕적인 행동을 했고, 가까이에서 그들의 일을 함께 했고, 그들의 부도덕한 행동에 분개했고, 그들에게 설교를 했다. 문둥병 환자들은 그의 존재를 견딜 수가 없었다. 버섯 들판의 행복하고 방탕한 시절은 끝나 버렸다. 한쪽 다리로 지탱하고 서 있는 이 인물, 검은색 옷을 입고 격식과 지각을 갖춘 바로 이 야윈 인물 때문에, 자신의 운명을 한탄하지 않으면서 광장에서 유희를 즐길 수 있는 사람은 아무도 없었다. 동시에 그런 유희와 더불어 표출하던 적의나 원한 같은 감정도 발산해 낼 수 없었다. 음악 역시 쓸모없고 음탕할 뿐이라고 그가 꾸짖었기 때문에 그들의 짜증만 불러일으켰다. 그들의 이상한 악기들에는 먼지가 쌓였다. 떠들고 놀면서 감정을 발산해 내지 못하게 된 문둥이 여자들은 갑자기 밝은 태양 앞에서 자신들의 병을 발견하여 밤이면 밤마다 절망에 눈물로 지새웠다.

"악한 반쪽보다 착한 반쪽이 더 나빠."

버섯 들판에서는 이런 말들이 들리기 시작했다.

문둥병 환자들 사이에서만 착한 반쪽에 대한 칭찬이 줄어든 게 아니었다.

"대포 포탄이 그를 두 쪼가리로 만든 게 천만 다행이지 뭐야. 자작이 만약 세 조각이 났다면 우리는 무슨 일을 겪었을지 알 게 뭐람."

모두들 이렇게 말했다.

위그노들은 이제 착한 반쪽으로부터 자신들을 보호하기 위해 교대로 보초를 섰다. 위그노들은 이미 그를 조금도 존경하지 않았다. 착한 반쪽은 매번 그들의 곡창에 곡식이 얼마나 있는지를 감시하러 와서는 곡식의 매매 가격이 너무 높다고 설교했다. 그리고 그런 이야기를 여기저기 하고 다녀 위그노들의 장사를 망쳐 놓았다.

그렇게 테랄바에서의 나날들이 흘러갔다. 그리고 우리들의 감정은 색깔을 잃어버렸고 무감각해져 버렸다.

비인간적인 사악함 그리고 그와 마찬가지로 비인간적인 덕성 사이에서 우리 자신을 상실한 듯한 느낌이 들었기 때문이다.

# 10

달이 뜨면 사악한 영혼에게는 악한 생각들이 마치 새끼 뱀들처럼 엉켜들었고, 자비로운 영혼에는 자제와 헌신의 백합들이 꽃을 피우곤 했다. 그렇게 메다르도의 두 쪽은 상반되는 어지러운 마음으로 번민하며 테랄바의 절벽을 헤매 다녔다.

서로 자기 나름대로 결정을 내려서 아침이면 그것을 실행하기 위해 움직였다. 물을 길러 가던 파멜라의 엄마는 함정에 걸려서 우물에 빠지고 말았다. 엄마는 끈에 매달려 소리를 질렀다.

"사람 살려!"

하늘을 향해 원을 그린 우물 속에서 그녀는 자기에게 이야기하는 악한 반쪽의 옆모습을 보았다.

"당신과 이야기하고 싶소. 난 많은 생각을 했소. 나는 당신 딸 파멜라가 떠돌이 반쪽짜리와 같이 다니는 것을 종종 봤소. 당신들은 그 떠돌이에게 딸과 결혼하도록 강요해야만 하오. 그 반쪼가리가 벌써 딸을 범했소. 만약 그가 신사라면 보상을 해야겠지. 내 생각은 그렇소. 내게 다른 설명을 요구하진 마시오."

파멜라의 아빠는 자기네 올리브 나무에서 올리브 열매를 한 자루 따서 압축장으로 옮기고 있었다. 그러나 자루에는 구멍이 나서 올리브 열매가 길게 선을 그리며 그의 뒤를 따랐다. 짐이 가벼워진 것을 깨달은 아버지는 어깨에서 자루를 내렸고 그 자루가 거의 빈 것을 발견했다. 그러나 뒤를 돌아보니 착한 반쪽이 뒤따라오며 올리브 열매를 하나하나 주워 망토에 담고 있었다.

"당신과 이야기를 하려고 뒤를 따라왔습니다. 다행히도 올리브를 주워 담을 수 있었어요. 여기 내가 모은 게 있어요. 난 불행한 어떤 사람을 도와주고 싶은데 내 뜻과는 반대로 내 존재가 그 사람을 더 불행에 빠뜨리고 있는지도 모른다는 생각을 얼마 전부터 했습니다. 나는 테랄바를 떠날 겁니다. 내가 떠나면 어떤 두 사람에게 평화가 올 거요. 바로 지금은 동굴 속에서 잠을 자고 있지만 귀족의 운명을 타고난 당신 딸 파멜라와, 지금처럼 계속 혼자 살아서는 안 되는 불쌍한 내 오른쪽에게 말입니다. 파멜라와 자작은 결혼해야 합니다."

다람쥐를 길들이던 파멜라는 솔방울을 따러온 것처럼 꾸민 엄마를 만났다.

"파멜라, 착한 반쪽이라는 떠돌이와 결혼할 때가 된 것 같구나."

"어떻게 그런 생각을 하시게 되었어요?"

"너를 범했으니까 너와 결혼해야 하는 거야. 그 사람은 아주 친절하니까 그렇게 이야기하면 거절하지는 않을 거다."

"그런데 어떻게 어머니가 그런 생각을 하실 수 있죠?"

"조용히 해라. 누가 나한테 그런 말을 해 주었는지 알면 더 이상 아무 말도 못 할 거다. 내게 그렇게 말한 이는 바로 그 유명한 우리의 악한 반쪽 자작이야."

"큰일이에요. 무슨 함정이 있는지도 몰라요."

파멜라가 무릎에 다람쥐를 떨어뜨리면서 말했다.

조금 뒤 파멜라가 휘파람 부는 법을 배우려고 나뭇잎을 손가락 사이에 끼우고 있을 때, 나무를 하러 오는 척 가장한 아빠를 만났다.

"파멜라! 만약 교회에서만 결혼을 할 수 있다면, 악한 반쪽 자작과 결혼하겠다고 말해야 할 때가 왔다."

"그건 아버지 생각이에요, 아니면 누군가 다른 사람이 그렇게 아버지에게 이야기한 거예요?"

"넌 자작의 부인이 되는 게 싫으냐?"

"먼저 제가 여쭤본 말에 대답부터 해 주세요."

"좋다. 이 세상에서 가장 선한 영혼을 지닌 사람이 그렇게 이야기하더구나. 바로 착한 반쪽이라는 떠돌이란다."

"그 일에 대해서는 더 이상 생각할 필요도 없어요. 어떤 일이 벌어지는지 한번 두고 보세요."

여윈 말을 타고 가시덤불을 지나면서 악한 반쪽은 자신의 책략에 대해 곰곰이 생각했다. 만약 파멜라가 착한 반쪽과 결혼을 하면, 법률 앞에서 파멜라는 테랄바의 메다르도의 신부가 되는 것이고 그건 바로 자신의 부인이 된다는 이야기다. 그렇듯 강한 법률로 악한 반쪽은 쉽게, 싸우지도 않고 그렇게 쉽게, 적수를 제거할 수 있는 것이다.

그러나 그와 만난 파멜라가 말했다.

"자작님, 당신이 정 그러신다면 전 당신과 결혼하겠어요."

"너와 누가 결혼한다고?"

"나와 당신이에요. 전 성으로 가서 자작 부인이 되겠어요."

악한 반쪽이 전혀 예기치 않았던 일이 벌어진 것이다. 그래서 그는 생각했다.

'그렇다면 나의 다른 반쪽과 그녀를 결혼시키려는 연극은 필요 없어. 내가 그녀와 결혼하면 그걸로 모든 일은 끝나는 거야.'

그래서 그는 말했다.

"좋아."

그러자 파멜라가 말했다.

"저희 아버지와 의논을 하세요."

잠시 후 파멜라는 노새를 탄 착한 반쪽과 만났다.

"메다르도! 당신을 사랑해요. 당신이 나를 행복하게 해 주시려면 내게 청혼해 주세요."

그녀에 대한 사랑 때문에 그녀를 포기했던 이 불쌍한 사람은 입을 다물지도 못한 채 서 있었다.

"하지만 나와 결혼하는 게 더 행복하다면 다른 사람과 결혼하도록 놔둘 순 없어."

이런 생각을 하고 나서 그는 말했다.

"파멜라. 결혼식 준비를 하러 가겠어."

"부탁인데 저희 어머니와 의논해 주세요."

파멜라가 결혼할 거라는 사실이 알려지자 테랄바 전체가 소란스러웠다. 어떤 사람은 악한 반쪽과 결혼한다고 말했고 또 어떤 사람은 착한 반쪽과 결혼한다고 말했다. 그녀의 부모들이 사람들을 혼동시키려고 일부러 그러는 것처럼 보였다. 사실 성에서는 마치 커다란 잔치가 있기라도 한 듯 모든 물건들을 정돈하고 장식했다. 그리고 자작은 소매를 많이 부풀린 검은 우단 옷과 새 바지를 만들게 했다. 떠돌이 역시 가엾은 노새를 빗질하고 팔꿈치와 무릎을 기웠다. 어쨌든 교회에서는 촛대를 전부 윤이 나게 닦았다.

파멜라는 결혼 행진을 하는 그 순간에 숲을 떠나겠다고 말했다. 나는 예복 준비 때문에 심부름을 다니곤 했다. 그녀는 결혼식을 위해 베일이 있는 하얀 옷을 꿰매고 라벤더 잎으로 화관과 벨트를 만들었는데 옷은 길게 끌렸다. 그녀가 베일을 쓰면 그 베일이 몇 미터나 길게 늘어져서 염소와 오리를 위한 신부복이 되기도 했다. 그녀가 그런 옷을 입은 채 숲 속을 뛰어다녔기 때문에 베일이 가지에 찢어지지 않도록 동물 두 마리가 그 뒤를 따라야 했다. 파멜라는 소나무 잎들과 말라 버린 밤송이들이 달라붙지 않도록 옷자락을 끌어당겼다.

그러나 결혼식 전날 밤 그녀는 생각에 잠겼고 다소 겁이 났다. 발에 옷자락을 휘감은 채 구부러진 라벤더 화관을 머리에 쓰고 그녀는 나무도 없는 언덕 꼭대기에 올라앉아서 이마에 손을 얹고 한숨을 쉬면서 주변을 바라보았다.

나는 계속 그녀와 함께 있었다. 에사우와 함께 화동(花童) 노릇을 하기로 했는데 에사우의 모습은 보이지도 않았다.

"누구와 결혼할 거야, 파멜라?"

"나도 모르겠어. 무슨 일이 벌어질지 나도 모르겠어. 잘될까? 아니면 잘못될까?"

숲에서는 때로는 목청껏 고함 지르는 소리가 들리다가 한때는 탄식이 들려오기도 했다. 반쪽씩 된 두 구혼자들이었다. 두 사람은 결혼 전야의 흥분에 빠져 계곡과 숲 속 절벽을 헤맸다. 검은 망토를 두른 한 사람은 여윈 말을 타고 있었고 다른 한 사람은 털이 없는 노새를 타고 있었다. 그러고는 서로 고함을 질러 댔고 자신들의 환상적인 고뇌에 잠겨 탄식했다. 말은 낭떠러지며 산사태가 난 곳을 뛰어넘었고, 노새는 경사지와 비탈길을 기어올랐는데 두 기사가 마주치는 일은 한 번도 없었다.

새벽이 될 때까지 너무 많이 달렸기 때문에 말은 다리를 절며 절벽을 내려올 수밖에 없었고, 악한 반쪽은 제시간에 결혼식에 당도할 수가 없었다. 대신 착한 반쪽의 노새는 차근차근 걸어 정각에 교회에 도착했다. 바로 그때 나와 에사우가 옷자락을 받쳐 주는 드레스를 입은 신부가 당도했다.

신랑으로 도착한 사람이 목발에 몸을 의지한 착한 반쪽뿐인 것을 보고 사람들은 다소 당황했다. 하지만 결혼식은 합법적으로 거행되었다. 신랑, 신부는 "예."라고 대답한 뒤에 반지를 교환했다. 그리고 신부(神父)가 말했다.

"테랄바의 메다르도와 파멜라 마르콜피! 나는 당신들의 결혼을 인정합니다."

통로 끝에서 지팡이를 짚은 자작이 들어왔다. 소매를 부풀린 그의 검정색 새 우단 옷은 물에 젖고 찢어져 있었다.

"테랄바의 메다르도는 바로 나고 파멜라는 내 아내다."

착한 반쪽이 절뚝거리면서 그의 앞으로 다가갔다.

"아니, 파멜라와 결혼한 메다르도는 바로 나다."

악한 반쪽은 지팡이를 집어던지고 칼을 손에 잡았다. 착한 반쪽도 똑같은 행동을 할 수밖에 없었다.

"경고한다!"

악한 반쪽이 착한 반쪽을 찌르려고 몸을 던졌다. 착한 반쪽
은 방어를 했다. 그러나 이미 둘 다 땅에 구르고 있었다.

둘은 한쪽 다리로 균형을 유지하면서 싸움을 하는 것이 불가
능하다는 데 의견 일치를 보았다. 그래서 제대로 결투를 할 수
있게끔 싸움을 연기해야 했다.

"내가 어떻게 할 것 같아요? 난 숲으로 되돌아갈 거예요."

파멜라가 말했다. 그러고는 옷자락을 받쳐 줄 화동도 없이 교
회에서 달려나가 버렸다. 그녀는 자신을 기다리는 염소와 오리
를 다리 위에서 만났다. 염소와 오리는 아장아장 걸어서 그녀
곁으로 왔다.

결투는 다음 날 새벽 수녀들의 초원에서 이루어질 예정이었
다. 장인 피에트로키오도는 일종의 컴퍼스 다리를 만들었다. 반
쪽짜리들의 벨트에 고정되어 그들을 똑바로 설 수 있게 해 주고
이동할 수도 있게 해 주며 멈추고 싶으면 땅의 한 지점에 꽂으면
되고, 심지어 앞뒤로 구부릴 수도 있는 컴퍼스 다리였다. 건강했
을 때 귀족이었던 갈라테오가 결투의 심판을 보기로 했다. 악한
반쪽의 입회인은 파멜라의 아버지와 수비대장이었고 착한 반쪽
의 입회인은 두 위그노였다. 트렐로니는 부상을 대비해서 그 자
리에 참석했다. 그는 마치 전쟁터에서 부상자를 치료하기라도
하듯 붕대 더미와 진통제 약병을 가져왔다. 그런 물건을 나를 때
트렐로니를 도와야 했기 때문에 운 좋게도 나는 결투 현장에 참
석할 수 있었다.

초록빛을 띤 새벽녘이었다. 초원 위에는 검은 옷을 입은 여윈
두 결투자가 칼을 들고 차렷 자세로 서 있었다. 문둥이가 뿔 나

팔을 불었다. 결투를 알리는 신호였다. 하늘은 마치 팽팽한 엷은 막처럼 흔들렸다. 동굴 속 박쥐들은 흙 속에 자신의 발톱들을 감추었다. 날개 밑으로 머리를 숨기지 못한 까치들은 괴로움을 느끼면서 겨드랑이에서 깃털을 뽑았다. 지렁이는 자기 입으로 자기 꼬리를 먹었고, 독사는 이빨로 자기 몸을 물었으며, 장수말벌은 바위 위에서 자기 몸을 짓이겼다. 그렇게 모든 것들이 바로 자기 자신에게로 몸을 돌렸다. 웅덩이 물은 얼어붙었고, 이끼들이 바위를 뒤덮어 버렸고 마른 잎들은 흙이 되었다. 두껍고 딱딱한 송진은 나무들을 남김없이 죽여 버렸다. 그와 마찬가지로 손에 칼을 쥔 한 인간은 바로 자기 자신을 향해 돌진해 들어갔다.

또 한 번 피에트로키오도가 장인의 기술을 발휘했다. 컴퍼스들은 초원 위에다 원들을 그렸다. 결투자들은 재빠르고 끈질기게 상대방을 공격하고 자신을 방어하며 서로에게 달려들었다. 그러나 서로 상대를 찌르지는 못했다. 매번 공격할 때마다 칼끝은 적수의 휘날리는 망토를 정확하게 겨눈 듯 보였다. 그들 각자는 아무것도 없는 부분, 즉 바로 자신이 존재해야 할 그곳을 고집스럽게 자기에게로 끌어들이려는 것 같았다. 반쪽짜리 결투자들이 아니라 온전한 결투자들이었다면, 분명 서로 수없이 많은 상처를 입었을 것이다. 악한 반쪽은 격렬하고 잔인하게 싸웠지만 결코 자신의 적이 있는 바로 그곳을 공격할 수는 없었다. 착한 반쪽은 왼손을 쓰는 일에 숙달되어 있었지만 자작의 망토를 구멍투성이로 만드는 일밖에 할 수 없었다.

어떤 한순간 칼자루끼리 서로 부딪쳤다. 컴퍼스 끝은 써레처럼 땅에 박혔다. 악한 반쪽은 컴퍼스에서 갑자기 풀려났는데 이미 균형을 잃어버리고 땅 위에 굴렀다. 바로 그 순간 적을 찌르지는 못했지만 그는 무시무시하게도 착한 반쪽의 몸을 따라 칼을 내리쳤다. 메다르도의 몸이 반으로 갈릴 때 생긴 단면을 따라 칼을 휘두른 것이다. 반쪽으로 나뉜 원편의 선을 따라 상처가 나 이제 그 선을 구별할 수 없게 되었다. 그러나 우리는 망토에 덮인 육체의 머리에서 발끝까지 모두 피에 물든 것을 보았다. 더 이상 의심할 여지가 없었다. 착한 반쪽은 넉넉하고 자비로운 마지막 몸짓으로 쓰러지면서 기운을 잃었다. 적과 아주 가까운 거리에 있던 그도 역시 자기 칼로 악한 반쪽의 머리부터 배까지 쳤다. 몸이 선한 반쪽과 갈라졌던 바로 그 지점이었다. 악한 반쪽의 육체도 이제 예전의 그 상처에서 피를 뿜어냈다. 두 반쪽에게 일직선으로 생긴 상처 때문에 정맥들이 다시 모두 터져 버렸다. 그리고 자작을 둘로 갈라 놓았던 상처가 두 반쪽의 얼굴에서 다시 벌어졌다. 이제 그들은 풀밭 위에 쓰러졌고, 이미 하나가 된 피가 풀밭에 뒤섞였다.

사람들은 이 무시무시한 광경에 놀라서 트렐로니에게 신경을 쓰지 않았다. 그때 나는 트렐로니가 손뼉을 치고 소리를 지르면서 귀뚜라미 같은 다리로 기뻐서 날뛰는 모습을 보았다.

"살았어! 자작은 살았어! 내가 하는 대로 가만 놔둬요."

삼십 분 후, 우리는 한 환자를 들것에 실어 성으로 옮겼다. 악한 반쪽과 착한 반쪽은 서로 같이 꽁꽁 묶였다. 트렐로니는 모든 내장기관들과 두 반쪽의 동맥을 서로 결합하여 치료했다. 그 다음에 1킬로미터나 되는 붕대로 그를 꽁꽁 묶었는데 환자라기보다는 차라리 옛날에 죽은 미라 같았다.

외삼촌은 죽음과 삶 사이에서 몇날 며칠 밤을 새웠다. 어느 날 아침 붉은 선 한 줄이 이마에서 턱까지 가로질러 가는 게 보였다. 그리고 그 선이 목까지 계속 이어지는 것을 보다가 세바스티아나가 말했다.

"이제 움직여요!"

진짜로 선 몇 개가 외삼촌 얼굴 위에 나타나면서 움직였다. 그리고 트렐로니는 그 선이 한쪽 뺨에서 다른 쪽 뺨으로 이동하는 것을 보고서 기쁨의 눈물을 흘렸다.

마침내 메다르도는 눈과 입을 열었다. 처음에 그의 표정은 비틀려 있었다. 한쪽 눈은 찡그리고 있었고 다른 쪽 눈은 애원하는 듯했다. 한쪽 이마에는 주름이 잡혔고 다른 쪽 이마는 깨끗했다. 입도 한쪽은 각 지게 웃었고 다른 쪽은 이를 드러내고 웃었다. 하지만 차츰차츰 균형이 잡혀 나갔다. 트렐로니가 말했다.

"이제 치유된 거야."

그리고 파멜라는 기뻐서 소리를 쳤다.

"마침내 난 완전한 신랑을 얻었어."

그렇게 해서 외삼촌은 사악하지도 선하지도 않은, 사악하면서도 선한 온전한 인간으로 되돌아왔다. 표면적으로는 반쪽이 되기 전과 달라진 점은 없었다. 그러나 그에겐 두 반쪽이 재결합된 경험이 있었다. 그래서 그는 아주 현명해질 수 있었다. 그는 행복한 생활을 했고 많은 자녀를 두었으며 올바른 통치를 했다. 아마도 우리는 자작이 온전한 인간으로 돌아옴으로써 놀랄 만큼 행복한 시대가 열리리라 기대했는지도 모르겠다. 그러나 한 가지 분명한 사실은 세상이 아주 복잡해져서 온전한 자작 혼자서는 그것을 이룰 수 없다는 사실이었다.

이제 피에트로키오도는 사형대를 만들지 않고 물방아를 만드는 일에 힘을 쏟았다. 그리고 트렐로니도 홍역과 단독(丹毒)

때문에 도깨비불에 주의를 기울이지 않았다. 반면에 나는 완전한 열정의 한가운데에 있으면서도 항상 부족함과 슬픔을 느꼈다. 때때로 한 인간은 자기 자신을 불완전하다고 생각하는데 그것은 그가 젊기 때문이다.

나는 사춘기의 문턱에 다다랐다. 그래서 계속 커다란 나무 사이에 몸을 숨기고 나 자신과 이야기를 나누었다. 솔잎은 내게는 기사나 귀부인이 되어 주었고 광대가 되기도 했다. 나는 그 솔잎들을 내 눈앞에서 움직이면서 끝없는 이야기를 만들어 내고 혼자 흥분했다.

그 후에 나는 이런 환상이 부끄러워 참을 수가 없었다.

트렐로니마저 나를 떠나는 날이 왔다. 어느 날 아침, 우리 만(灣)에 영국 국기를 높이 매단 함대들이 들어와서 정박했다. 테랄바의 사람들이 모두 그걸 보러 해변으로 나갔는데 나만 그 사실을 몰랐다. 선원들이 배 난간과 돛에 매달려 파인애플과 거북이를 보여 주었다. 그들은 라틴어와 영어로 크게 쓰인 두루마리 종이를 펼쳤다. 삼각 모자와 가발을 쓰고 뒤쪽 갑판에 서 있는 장교들 중간에 쿡 선장이 있었는데 그는 쌍안경을 가지고 해변을 지켜보았다. 그는 멀리서 트렐로니를 발견하자마자 명령을 내려 다음과 같은 내용이 담긴 깃발을 내걸어 소식을 전하게 했다.

"트렐로니! 빨리 와서 배를 타시오! 우린 카드놀이를 계속해야 하오!"

트렐로니는 테랄바의 모든 이들에게 인사를 하고 떠났다.

선원들은 노래를 불렀다.

"아! 오스트레일리아!"

선원들이 칸카로네 포도주 통을 타고 앉은 트렐로니를 배 위로 끌어올렸다. 그리고 배는 닻을 올렸다.

나는 아무것도 보지 못했다. 나는 나 자신에게 이야기를 들려주느라고 숲에 숨어 있었다. 나는 그 사실을 너무 늦게 알고 소리를 지르면서 해변으로 달려나갔다.

"트렐로니! 트렐로니! 나도 데려가 줘요! 날 여기 내버려두지 마세요. 트렐로니!"

그러나 이미 배는 수평선 너머로 사라졌고, 나는 여기 이곳, 의무와 도깨비불만이 가득 찬 우리들의 세계에 남아 있다.

# 작품 해설

이탈로 칼비노가 처음 우리나라 독자들에게 소개된 것은 『거미집으로 가는 오솔길』을 통해서였다. 2차 세계대전 당시 알프스에서 활약하던 유격대의 모습을 어린이의 시선으로 그려 내는 이 작품은 칼비노의 첫 번째 소설로서, 그 분위기가 사실적이면서도 동화적이다. 그 후 우리에게 소개된 몇 편의 작품들 역시 환상적인 측면이 많아서 칼비노는 어른들을 위한 동화를 쓰는 작가로 막연하게 인식되거나 환상 소설 작가로 분류되기도 했다. 하지만 그의 작품들이 모두 환상 소설의 틀에 들어가는 것은 아니다. 최근까지 칼비노의 여러 작품들이 소개되면서 그가 다양한 스펙트럼을 가진 작가라는 게 밝혀졌고 이를 통해 그의 독특한 문학 세계를 사랑하는 독자들의 층도 넓고 깊어졌다.

작가의 길에 들어선 뒤로 칼비노는 끊임없이 현실을 관찰하고 표현해 낼 방법을 연구했다. 그는 자신이 사용했던 형식이나 문체에 불만을 느껴 항상 새로운 언어로 새로운 형식의 이야기들을 시도해 보곤 했다. 우리가 살아가는 현실이 너무나 복잡하게, 때로는 괴물같이 변하기 때문에 그것을 표현해야 할 글쓰기 역시 그에 맞게 변화해야만 한다고 생각한 것이다.

칼비노는 신사실주의 영향 아래에서 글쓰기를 시작했다. 2차 세계대전 당시 레지스탕스에 참가해 알프스 산악지대에서 전투를 하기도 했던 칼비노는 이 경험을 바탕으로 첫 소설 『거미집으로 가는 오솔길』을 발표했다. 그 후에도 현실을 기록하고 고발해야 한다는 의무감으로 비슷한 작품들을 썼지만 칼비노는 이에 만족할 수 없었다. 칼비노는 나중에 『미국 강의』에서 그 당시 자신이 쓴 글들이 너무 무거워 돌로 변하는 것 같은 기분이 들었다고 털어놓는다. 이러한 그의 고민은 『반쪼가리 자작』, 『나무 위의 남작』, 『존재하지 않는 기사』 3부작으로 이뤄진 '우리의 선조들'에서 해결된다. 신사실주의적인 방법으로는 더 이상 산업화되는 현대를 표현할 수 없다고 생각한 칼비노는 동화적이고 환상적인 방법을 통해 현실을 바라보는 방법을 택한다. 칼비노는 환상적인 소설을 쓰게 된 이유를 이렇게 말한다.

역사적인 현실이 우리에게 전해 준 긴장은 곧 풀리게 된다. 오래전부터 우리는 죽은 물 위에서 항해를 하고 있다. 우리들이 맨처음 현실을 이야기할 때 우리는 역사적 현실에 대한 신뢰성이나 그 현실의 표정, 책임감, 에너지에 대한 신뢰성을 회복하려고 애썼지만 점점 더 힘을 잃어 가기만 했다. 환상적인 소설을 통해 나는 현실의 표정, 에너지, 곧 내가 가장 중요하다고 믿는 것들에 활기를 주고 싶었다.

이렇게 해서 칼비노는 17~19세기로 돌아가 현대 사회와 인간의 이야기들을 펼친다. 터키와의 전쟁에 나가 선과 악으로 두 동강이 난『반쪼가리 자작』, 아버지와의 불화를 견디다 못해 나무 위로 올라가 일생을 보내는『나무 위의 남작』, 의지의 힘으로 빈 갑옷으로만 존재하는『존재하지 않는 기사』등 동화 같은 3부작을 통해 칼비노는 현대 사회를 향해 강한 메시지를 던진다.

1952년에 발표한『반쪼가리 자작』은 17세기에 터키와의 전쟁에 참가했던 테랄바의 메다르도 자작 이야기다. 메다르도는 세상 물정을 모르는 순진한 젊은이였다. 그는 대포를 쏠 줄도 모르면서 무모하게 터키인의 대포에 뛰어들어 몸이 산산조각 나고만다. 다행인지 불행인지 아직 살아 있는 자작의 반쪽을 야전 병원 의사들이 이리저리 꿰매어 자작은 반쪽짜리 인간으로 고향에 돌아온다. 하지만 이 반쪽은 자작의 악한 부분만이 남아 있는 '악한' 반쪽으로, 온갖 악행을 저질러 그 고장 사람들을 두려움과 공포에 떨게 한다. 그가 우연히 파멜라라는 소녀를 사랑하게 되어 구애를 시작할 무렵, 자작의 '선한' 반쪽이 마을로 돌아와 사람들에게 믿을 수 없을 정도의 선행을 베푼다. 그 역시 파멜라를 사랑하게 된다. 이제 마을 사람들은 극도의 선과 악 사이에서 어쩔 줄 몰라 한다. 극단적인 '악'처럼 극단적인 '선'도 사람들을 불편하게 하기는 마찬가지다. 한편 두 반쪽 모두에게 구애를 받던 파멜라는 두 반쪽 모두에게 결혼을 약속한다. 그동안 한 번도 정면으로 대면한 적이 없던 두 반쪽이 드디어 결혼식장에서 만나면서 이야기는 절정에 도달한다.

칼비노가 이런 이야기를 쓰게 된 동기는 도덕적인 것이다. 그는 반쪼가리가 된 메다르도를 통해 도덕적으로 분열되고 상처

받고 소외된 현대인들을 표현하려고 했다. 반쪽이 된 불완전한 인간, 자기 자신을 적으로 가진 인간은 바로 현대인들의 모습이다. 반쪼가리 자작은 마르크스식으로 말하자면 '소외된 인간'이고 프로이트식으로 말하면 '억압받는 인간'이다.

그러나 이 작품에서 반쪼가리 인간들은 자작만이 아니다. 우리는 작품 속에서 반쪼가리 메다르도만이 아니라 무시무시한 '악한' 반쪽의 폭정과 '선한' 반쪽의 지나친 선행에 시달리는 마을 사람들의 다양한 모습들을 접할 수 있다. 의사의 본분을 잊고 '순수한' 탐구에만 몰두하는 의사 트렐로니, 자신이 만드는 도구들이 살인에 사용된다는 것을 알면서도 자기 일에 최선을 다하는 피에트로키오도, 탐미적이며 무책임하고 하루하루의 삶을 쾌락에 바치며 방탕한 행복을 추구하는 문둥이들, 진정한 종교가 무엇인지도 모르며 종교 윤리만을 강조하는 위그노들. 이들은 겉모습으로는 완전하지만 자작처럼 반쪼가리 인간들에 불과하다. 우리는 이들의 모습을 바로 우리 현실 속에서도 찾아볼 수 있다. 실제로 칼비노는 원자탄을 만들었던 현대 과학자들을 피에트로키오도에 비교하며, 무책임한 유미주의에 빠진 문둥이들을 문학적, 예술적 데카당스에 빠진 현대 예술가들에 비유한다.

결국 자작은 '완전한' 인간으로 돌아오지만 그렇다고 사람들이 기대했던 것처럼 행복한 시대가 열리는 것은 아니었다. 이제 '완전한 인간'만으로는 복잡한 현실 문제들을 해결할 수 없기 때문이다.

칼비노는 환상이나 동화라는 요소를 현실 도피 수단으로 사용하지 않고 객관적으로 현실을 바라볼 수 있는 도구로 만들기 위해, 3부작의 다른 작품에서와 마찬가지로 이 작품에서도 역사적 사실을 적절히 반영했다. 이 작품의 배경이 된 것은 17세기 말에 벌어진 오스트리아와 터키 사이의 전쟁이다. 또한 객관성을 유지하기 위해 아직 선과 악을 분명하게 판단하지 못하는 자작의 어린 조카의 눈을 통해 이야기를 전개한다. 이 덕분에 무거운 주제를 한 발 떨어져서 바라볼 수 있는 것이다.

그러나 『반쪼가리 자작』이 도덕적 윤리적 측면을 고려해서 읽어야만 하는 작품은 아니다. 칼비노는 문학 작품의 가장 큰 미덕을 '즐거움'에 두었다. 동화라는 방식을 택한 것도 이 때문이었다. 이탈리아의 한 비평가는 칼비노의 작품은 겉으로 보기에는 밝게 빛나는 따뜻한 남빛 바다 같지만 한번 그 속에 뛰어든 사람은 금방 바다 깊은 곳으로 내려가 검은 협곡들과 어두운 동굴과 괴물 같은 물고기들과 해초들을 발견하게 될 것이라고 말했다. 이렇듯 다양하고 깊이 있고 변화무쌍한 칼비노의 작품을 어느 한쪽에 치우쳐서 읽는다면 그건 정말 반쪽짜리 독서가 되고 말 것이다.

칼비노의 소설들을 알게 되고 번역한 지 꽤 오랜 시간이 흘렀다. 그러나 처음 그의 소설을 읽었을 때의 감동은 아직도 잊을 수가 없다. 가끔 다시 꺼내 읽어도 그때마다 새로운 기분이 든다. 『반쪼가리 자작』을 처음 번역한 것은 1997년이었다. 그때에도 큰 애정을 품고 열심히 번역했다고 생각했는데 지금 다시 보니 미흡했던 부분들이 여기저기 눈에 뜨였다. 재치 넘치는 기발한 칼비노의 문장들을 제대로 살리지 못했던 것 같아 마음이 무겁기도 했다. 칼비노는 단어 하나하나를 신중하게 사용하는 작가다. 동일한 명사나 형용사를 되풀이해서 사용하지 않는 것으로도 유명하다. 후기로 갈수록 칼비노는 화두 같은 글을 쓰고 싶어 했다. 그래서 짧은 산문시를 선호했다. 이런 작가의 성향을 생각하며 다시 한 번 이 『반쪼가리 자작』을 번역해 보았다. 가볍고 환상적인 언어를 통해 무거운 현실을 표현하려는 작가의 의도가 제대로 전해졌기를 바란다.

2010년 2월
이현경

# 작가 연보

1923년    10월 15일 쿠바의 산티아고데라스베가스에서 출생. 아버지 마리오 칼비노는 이탈리아 북부 산레모의 유서 깊은 가문 출신 농학자로 멕시코에서 이십 년을 보낸 뒤 쿠바에서 농학 연구소와 농업 학교를 맡아 운영. 어머니 에벨리나 마멜리는 사사리 출신으로 자연과학부를 졸업한 뒤 파비아 대학교에서 식물학 조교로 재직.

1925년    가족 모두 고향인 산레모로 돌아옴. 아버지가 화훼 연구소인 '오라치오 라이몬도'의 소장이 됨. 은행 도산으로 연구 자금을 잃은 뒤 활동을 계속하기 위해 자신의 저택 '라 메리디아나'의 정원을 사용. 이 연구 활동을 통해 수많은 화초를 산레모에 소개.

1927년    동생 플로리아노 출생. 플로리아노는 후에 집안의 과학적 전통을 따라 지질학자가 됨. 칼비노는 부모의

뜻대로 종교 교육을 전혀 받지 않고 자라남. 카사니 중고등학교 시절부터 시를 쓰고 예리한 필치로 풍자적인 그림과 자화상을 그리기 시작. 학창 시절 칼비노는 까다로운 편이었지만 친구들 사이에서 논쟁이 벌어질 때마다 재미있는 해석을 곁들이며 논쟁에 끼어듦.

1941년  토리노 대학교 농학부에 입학. 단편 몇 개를 쓰지만 출판되지는 않음. 발표되지 않은 단편 가운데 네 편(「가치에 대한 논의들」, 「행복한 사람」, 「자신을 믿지 않는 게 좋다」, 「노새를 탄 재판관」)은 칼비노 사후 1주기 때 고등학교 동창 에우제니오 스칼파리가 일간지 《라 레푸블리카》에 발표.

1943년  무솔리니가 이끄는 이탈리아 사회 공화국 군대에 징집되지 않으려고 동생과 함께 알프스로 피신. 그후 공산주의자 부대 '가리발디'의 제2공격대에 자원.(『거미집으로 가는 오솔길』, 『까마귀는 마지막에 온다』라는 유격대 소설에서 이때의 경험을 찾아볼 수 있음. 특히 「피와 똑같은 것」은 독일군에게 인질로 잡힌 어머니 이야기를 다룸.)

1945년  해방 후 《우리들의 투쟁》, 《민주주의의 목소리》, 《일 가리발디노》에서 저널리스트로 활동. 이탈리아 공산당에 가입해 산레모와 토리노에서 당원으로 활동. 9월 토리노 대학교 문학부에 재등록. 《폴리테크니코》, 《아레투사》, 《루니타》에 기고. 에이나우디 출판사 편집부에 근무하던 파베세, 비토리니, 펠리체 발보 등과 교제.「지뢰밭」으로 '루니타' 상 수상.

1947년　조셉 콘래드에 관한 논문으로 졸업. 몬다도리 출판
　　　　사의 공모에 참가하기 위해 썼던 『거미집으로 가는
　　　　오솔길(Il sentiero dei nidi di ragno)』 출간. '리치오네'
　　　　상 수상.

1948년　다음 해까지 에이나우디 출판사에 재직. 공산당 일
　　　　간지 《루니타》의 편집자가 됨. 공산당원이자 저널리
　　　　스트로 계속 활동.

1949년　『까마귀는 마지막에 온다(Ultimo viene il corvo)』 출간.

1951년　파베세의 책 『미국 문학과 논문들』의 서문 집필. 아
　　　　버지 사망. 어머니가 화훼 연구소의 책임을 맡아
　　　　1959년까지 운영.

1952년　비토리니가 첫 소설의 '리얼리즘적 — 사회 참여
　　　　적 — 피카레스크적' 노선을 계속하기보다는 동화
　　　　작가의 영감을 따르라고 충고. 『반쪼가리 자작(Il
　　　　visconte dimezzato)』 출간. 소련 여행. 바사니가 주
　　　　관하는 잡지 《보테게 오스쿠레》에 「은빛 개미」 발표.
　　　　《루니타》에 「마르코발도」 연재 시작.

1954년　『참전(L'entrata in guerra)』 출간. 좌익 지식인들이 주
　　　　관하는 《치타 아페르타》에 기고 시작.

1956년　이탈리아 각 지방에 전해 내려오는 이야기를 모아
　　　　『이탈리아 민담(Fiabe italiane)』 출간.

1957년　《치타 아페르타》에 「나무 위의 남작」 발표. 《보테게
　　　　오스쿠레》에 「건축 투기」 발표.
　　　　8월 공산당을 탈퇴하고 신좌익 사회주의자들과의

논쟁에 참여.

1957년    1950년 1월부터 1951년 7월에 걸쳐 써 놓았던 「포 강의 젊은이들」을 1957년 1월부터 1958년 3월에 걸쳐 《오피치나》에 연재.

1958년    「스모그 구름」 발표. 『단편들(I racconti)』 출판. 세르지오 리베로비치의 곡에 '독수리는 어디로 날아가는가'라는 제목의 가사를 붙임.

1959년    『존재하지 않는 기사(Il cavaliere inesistente)』 출간. 「다리 저편에」, 「세상의 주인」이라는 칸초네 작사. 루치아노 베리오의 음악을 위해 희극 「자 어서」 집필.

1959년    1967년까지 비토리니와 함께 《일 메나보 디 레테라투라》 발행. 이 잡지에 「객관성의 바다」(1959), 「미궁에의 도전」(1962), 「노동자의 안티테제」(1967) 발표.

1959년    1960년까지 미국과 소련 여행. 두 나라의 지리적, 역사적 중요성을 강조하면서 문화를 비교하는 글을 《루니타》에 기고. '우리의 선조들(I nostri antenati)' 3부작 출간.

1963년    세르지오 토파노의 그림을 넣어 『마르코발도 혹은 도시의 사계절(Marcovaldo; ovvero, le stagioni in città』 출간. 프랑스에서 체류. 『어느 선거 참관인의 하루(La giornata d'uno scrutatore)』 출간.

1964년    '키키타'라는 애칭으로 불리는 통역사이자 번역가인 에스터 싱어와 결혼하여 파리에 정착. 프랑스 아방가르드 예술가들과 교류하고 과학과 문학 사이의 가설에 관한 자신의 이론을 그들의 이론과 비교해

봄. 《카페》에 「우주 만화(Le cosmicomiche)」 중 네 편 발표.

1965년 　딸 아비가일 탄생. 「우주 만화」와 함께 「스모그 구름」, 「은빛 개미」를 단행본으로 출간.

1967년 　레이몽 크노의 『푸른 꽃(Les fleurs blues)』 번역 출간.

1968년 　밀라노 출판 클럽에서 『세상에 대한 기억과 우주 만화적인 다른 이야기들(La memoria del mondo e altre storie cosmicomiche)』 출간. 《누오바 코렌테》에 논문 「조합 과정으로서의 소설에 대한 메모들」 발표.

1969년 　『교차된 운명의 성(Il castello dei destini incrociati)』 출간.

1970년 　『힘겨운 사랑(Gli amori difficili)』 출간. 「이탈로 칼비노가 들려주는 루도비코 아리오스토의 광란의 오를란도」 집필. 그림 형제의 『동화들』 소개.

1971년 　란차의 『시칠리아의 무언극들』 소개. 샤를르 푸리에의 『네 가지 운동 이론』, 『새로운 사랑의 세계』 번역.

1972년 　『보이지 않는 도시들(Le città invisibili)』 출판. 《카페》에 「흡혈귀의 왕국」 발표.

1973년 　『교차된 운명의 성』 재출간.(결론 부분을 수정하고 「교차된 운명의 선술집」 수록.) 『보이지 않는 도시들』로 '펠트리넬리' 상 수상.

1974년 　「게 왕자와 다른 이탈리아 민담들」 발표. 영화감독 페데리코 펠리니를 위해 『한 관객의 자서전(Autobiografia di uno spettatore)』 집필. 잠바티스타 바실레를 위해 논문 「메타포의 지도」 집필.

| 1975년 | 일간지《코리에레 델라 세라》에「팔로마르」를 발표하기 시작.「피에르 파올로 파솔리니에게 보내는 마지막 편지」를 같은 신문에 발표. |
|---|---|
| 1976년 | 독일 '슈타트프라이스' 수상. |
| 1978년 | 스피나촐라가 편집하는《푸블리코 1978》에「1978년과 문학, 네 작가에게 보내는 다섯 가지 질문」발표. |
| 1979년 | 『만약 어느 겨울밤에 한 여행자가(Se una notte d'inverno un viaggiatore)』출간. 여러 신문에 여행기 기고.「나도 한때 스탈린주의자였나?」라는 글을《라 레푸블리카》에 기고하기 시작. |
| 1980년 | 가족과 함께 파리에서 로마로 이주. 칼비노는 이전부터 에이나우디 로마 지사의 자문 역할을 해 왔음. |
| 1981년 | 어린이를 위한『숲 — 뿌리 — 미궁』집필. 프랑스의 레지옹 도뇌르 훈장 받음. |
| 1982년 | 베리오와 함께 2막으로 된「진실된 이야기」를 라 스칼라 좌에 올림. |
| 1983년 | 『팔로마르(Palomar)』출간.「오디세이 속의 오디세우스들」,「나일 강을 거슬러 올라가다」,「신화, 동화, 알레고리」발표. |
| 1984년 | 가르찬티 출판사로 옮겨『모래 선집(Collezione di sabbia)』출간. 베리오와 함께「이야기를 듣는 왕」을 잘츠부르크에서 공연. 피렌체에서 '현실의 차원들'이라는 주제로 열린 세미나에서「문학과 다양한 차원의 현실들」발표. |
| 1985년 | 카스틸리오네 델 페스카이아에서 뇌일혈로 쓰러짐. |

9월 6일 시에나의 산타마리아델라스칼라 병원에 입원. 같은 달 18일과 19일 사이에 사망.

1988년 　미완성 유고 『미국 강의(La lezioni americane)』, 『민담에 대하여(Sulla fiaba)』 출간.

세계문학전집 **241**

# 반쪼가리 자작

1판 1쇄 펴냄 1997년 11월 1일
2판 1쇄 펴냄 2010년 2월 26일
2판 21쇄 펴냄 2023년 9월 26일

지은이 이탈로 칼비노
옮긴이 이현경
발행인 박근섭, 박상준
펴낸곳 (주)민음사

출판등록 1966. 5. 19. (제 16-490호)
서울특별시 강남구 도산대로1길 62(신사동) 강남출판문화센터 5층 (우편번호 06027)
대표전화 02-515-2000 팩시밀리 02-515-2007
www.minumsa.com

ISBN 978-89-374-6241-2 04800
ISBN 978-89-374-6000-5 (세트)

* 잘못 만들어진 책은 구입처에서 교환해 드립니다.

Questo libro e' stato tradotto grazie ad un contributo
per la traduzione assegnato dal Ministero degli Affari Esteri italiano.
이 책은 이탈리아 외무부의 지원을 받아 번역되었습니다.

# 세계문학전집 목록

세계문학전집은 계속 간행됩니다.